『文化传家』系列丛书

歲時花事

中国人的节气花语

岳强 著

文匯出版社

目录

总序

生活·生命

20 世纪 30 年代，林语堂先生在撰写他的代表作《生活的艺术》时，曾给中国读者写了一封信。信中说，中国人之生活艺术久为西方人士所见称，而向无专书，苦不知内容，到底中国人如何艺术法子，如何品茗，如何行酒令，如何观山，如何玩水，如何看云，如何鉴石，如何养花、蓄鸟、赏雪、听雨、吟风、弄月……我小的时候读《生活的艺术》时便有困惑：我们中国人的生活果真如此惬意吗？林先生是五四新文化那一批人中讲好中国故事的代表，作为“两脚踏中西方文化”的他，对东西方文化有着深刻的领悟，我长大了才慢慢懂得，林先生是写出了中国人生活的精髓。观山玩水、看云鉴石，不只是生活中的游戏，也是在困苦中找到生活的快乐。

《论语》开篇，子曰：“学而时习之，不亦说乎？有朋自远方来，不亦乐乎？人不知而不愠，不亦君子乎？”头两句就是讲快乐的，而第三句的“不愠”，指的是不生气，其实讲的也是快乐。中华民族历经几千年历史，可谓磨难重重，危难兴邦，可是中国人对生活的态度是：再苦难的生活，依然要在痛苦中寻找快乐，在苦难中看到光明，在绝望中看到希望。

我大学一年级的时候，参加了学校组织的扶贫考察活动。当时我们去了陕西最贫困的县，看到最贫困的老百姓住的是窑洞。走进窑洞，环顾四周，可谓家徒四壁，非常简陋。但我忽然瞧见在窗户上还贴着红灿灿的窗花，感觉到即使在那么贫困的环境中依然能够看到生活的希望。这大概就是我们中华民族历经劫难，依然能够在艰难困苦中崛起富强的原因吧！

明代才子金圣叹的《不亦快哉三十三则》，细细品味，都是讲生活日常。第一快是讲炎炎夏日，鸟都不敢在天上飞，大汗淋漓，吃不下饭，地上潮湿，苍蝇乱飞。无可奈何之际，忽然大雨倾盆，苍蝇也不见了，终于可以安心吃饭，这难道不是让人快乐的事吗？第二快是讲十年不见的老友，忽然前来拜访，赶紧问妻子有没有酒钱，妻子把簪子取下交给自己，让去买酒，这难道不是让人快乐的事吗？夏天炎热吃不下饭，可见住房条件不怎么好；朋友来访，拿不出酒钱，只能用妻子的簪子去换，可见生活捉襟见肘，看上去金大才子的生活似乎并不如意。三十三则不亦快哉，大都是讲在不怎么快乐的场景中品味快乐。“自古才命两相妨”，才华横溢往往也命运多舛。宋代大才子苏东坡一生沉浮，屡经挫折，他提出了人生十六件赏心乐事：清溪浅水行舟，微雨竹窗夜话，暑至临溪濯足，雨后登楼看山，柳阴堤畔闲行，花坞樽前微笑，隔江山寺闻钟，月下东邻吹箫，晨兴半炷茗香，午倦一方藤枕，开瓮勿逢陶谢，接客不着衣冠，乞得名花盛开，飞来家禽自语，客至汲泉烹茶，抚琴听者知音。这十六件乐事与文章无关，与官场无关，与功名无关，与荣辱无关。被官场泼了一身脏水后，苏学士依然能够在平常生活中找到人生的乐事，不由得不让人佩服。

历经艰难乐境多。生活给了我们磨难，我们要从磨难中找到快乐。中国历史上不乏那些热爱生活、享受生活的“生活家”，比如孔子。孔子不仅好学，而且主张乐以忘忧——“知之者不如好之者，好之者不如乐之者”。他最快乐的事是带着学生去春游，去沂河里洗洗澡，在舞雩台上吹吹风，然后，一路吟唱着回家。“莫春者，春服既成，冠者五六人，童子六七人，浴乎沂，风乎舞雩，咏而归。”他是个美食家——“食不厌精，脍不厌细”；他收学生不要昂贵的学费，只要十条腊肉就可以——“自行束脩以上，吾未尝无诲焉”，这可能只是他的一句玩笑，也许他最爱吃腊肉；他“温良恭俭让”，有时也会训斥学生，比如，骂宰予烂泥扶不上墙——“朽木不可雕也，粪土之墙不可圬也”。

我以为理想的生活也许是这样的：不过分乐观，也不过分悲观，而是达观地看待生活中的一切；可以追求功名利禄，但不为功名利禄所困；懂得世事多变，却也抱着美好生活的希望；看尽世态炎凉，仍然热情地生活着；经历人情冷暖，照旧与人为善；了解人生艰难，依然能在生活中找到快乐。

然而，有快乐就会有痛苦，有痛苦而后有反思，有反思而后有求索，有求索而后有觉醒，有觉醒而后有通达，有通达而后有悲悯。

悲悯，悲的是天，悯的是人。天和人是一体的。中国传统文化讲究天人合一。所谓天人合一是本来为一，绝非意识想象而合。宇宙是大生命，生命是小宇宙。在中国古代的传统农业社会里，春耕秋收，离不开天地的蕴化，因此，古人衣食住行、婚丧嫁娶，皆自观天象来定。人事与天地自然有很大的关系，所以，古代中国的天文气象之发达，已经形成了一套成熟完备的知识系统。例如，节气就是古人在干支历表中根据一年中天文气象的变化确立的特定节令。二十四节气周行不息，循环往复，揭示了气候变化的规律，并将天文、气候、自然变化和人事更替巧妙地结合在了一起，是世界非物质文化遗产，也是中国人对时间的表达方式。古人睹花木生灭之序，顺阴阳气机之变，成人事繁盛之业。天人合一，意味着天地宇宙和人事心意是一体的。“体上合一，用以分别。”这是中国人的生命观。

有什么比人的生命更重要的呢？生命是人从生到死的一段旅程。在这段旅程中，人要经历时间上的延续和空间上的转换。生命是悲喜，是荣辱，是舍得，是浮沉，是聚散，是成败，是离合，是生死。在时空变化中，人的这一段生命要经历种种高低起伏和春夏秋冬。但凡拥有灿烂文化的文明，对生命一定有独到的看法。孔子说：“逝者如斯夫！不舍昼夜。”老子说：“道生一，一生二，二生三，三生万物。万物负阴而抱阳，冲气以为和。”庄子最是活泼可爱，逍遥自在。庄子的妻子去世，他非但没有哭，反而在一旁敲着瓦盆唱歌。他说，妻子没来到这人世间之时，本来就没有生命，没有形体，如今又从活着走向死亡，这就和春夏秋冬四季交替运行一样，死去的她安然地躺在天地之间，这本就是生命的常理。轮到庄子自己要死的时候，他的弟子想要厚葬他，他制止说：我要以天地做我的棺材，以日月做我的连璧，以星辰作我的珠玑。万物都为我送葬，我的葬仪是十分完备了。弟子说：我们恐怕老鹰会吃掉老师的身体。庄子说，在天上被老鹰吃，在地上被蝼蚁吃，夺取老鹰的食物送给蝼蚁，为什么这样偏心呢！

庄子说，知其无可奈何而安之若命，德之至也。生命中有许多无可奈何，面对生命中的事与愿违求而不得，安心接受它，就仿佛是命运的安排一样。庄子认为这是德的极致。庄子的生命观为我们提供了某种超越性。接受它，是要超越它。超越生命中的成败得失，超越生命中的荣辱起伏，乃至超越生命中的旦夕祸福。

生命有数宜体会，时光无长莫怠荒。中国传统文化里有着许多对生活和生命的体会及领悟。例如香事，蕴含着中国人对于生活的品味，对于生命的体察；花道，意在静观花木，领悟人生；书法，是汉字的艺术，每一个汉字都仿佛是一个生命；太极，是内在生命的外化；中医，是中国人的生活之道，是生命能量的调节和调整……

文化的力量是无穷的，而且绵延不绝。学习传统文化绝不仅仅背背诗、读读经，而需要系统地学习和理解数千年来中国人的观察方式与思维方式，再通过自己的实践来理解和体会，这才是真正知行合一地学习传统文化。日用而不知，传统文化只有跟日常生活结合在一起，才能有经久不衰的生命力。

这套书聚焦传统文化，旨在写出中国人日常生活中的文化精神，取名文化传家，意在让传统文化通过中国人的核心单位——家，一代一代地传递下去。

家国于心，人月两圆。家国情怀是中国传统文化中最朴素也是最深切的情感。生命在家庭中繁衍，生活在家庭中美满。从孝亲敬老、兴家乐业，走向济世救民、匡扶天下——这是中国传统文化的核心精神。家国同构，心怀天下。愿传统文化能够不断滋养我们的生活和生命，愿传统文化能够维系家国，惠及天下。

沈国麟

二〇二一年中秋于复旦燕园

书法：沈国麟

诗文：元代张雨诗词两首，其一《水仙子》："归来重整旧生涯，潇洒柴桑处士家。草庵儿不用高和大，会清标岂在繁华？纸糊窗，柏木榻。挂一幅单条画，供一枝得意花，自烧香，童子煎茶。"

其二《代玄览真人次虞伯生见寄韵》："屋倚松杉路拥莎，金鳌小隐且婆娑。几年有约遥相望，一棹何时肯见过。老去山中空岁月，秋来江上政风波。黄花满眼香醪熟，对此其如逸兴何。"

作者：岳强
花器：梅瓶
花材：南天竹、海南竹灵芝、秋菊

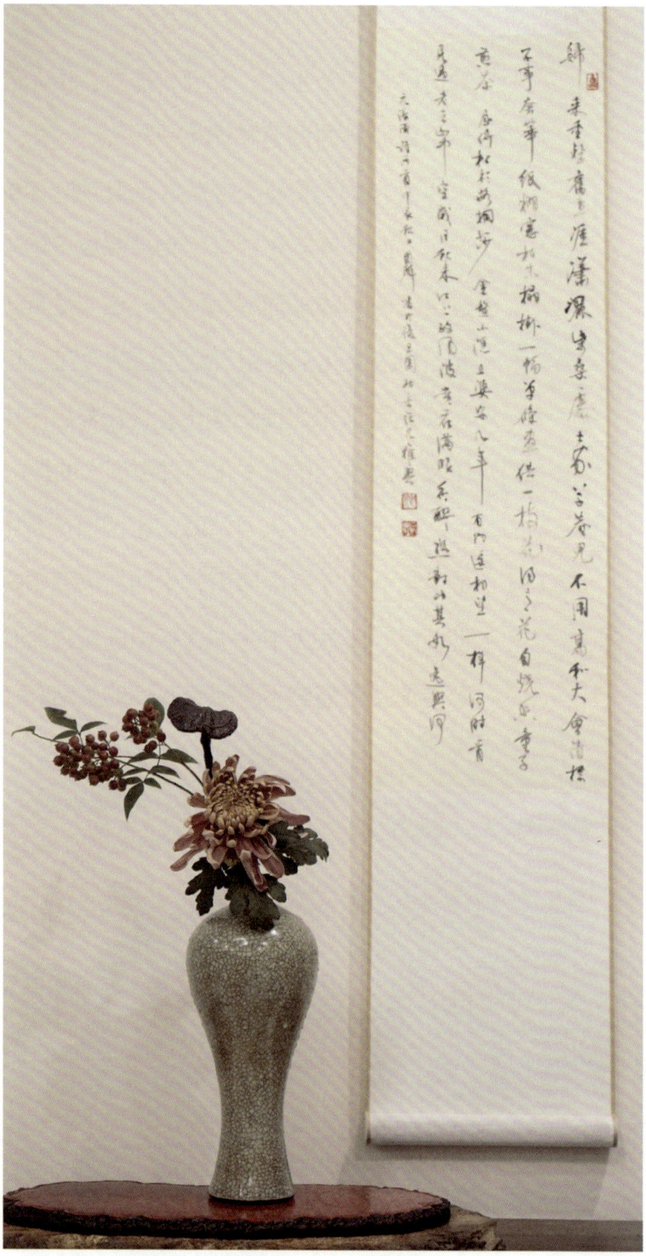

自序

花木知时令

我出生在北方，生日恰逢霜降，北方的秋冬之交风景中有种苍凉之美，记忆中，每逢生日前后，都会去登山赏红叶。我的第一位与花事有关的老师李永正先生就生活在漫山红叶的淄博市博山区源泉镇，他是一位民间花鸟画家，上世纪八十年代中期，我几乎每个月都会去源泉镇上看老师莳花作画，窗台边的博山窑器、料器皆是平时折枝瓶花的雅物。

我的家乡博山有玩赏瓶花、文石、盆景的传统，我的父辈结婚时，新房案头一定会摆设一对博山料器花瓶。我印象中六姨姥娘家住的大核桃园里多数都是四合院的人家，大门影壁前都会摆设一块博山文石和几盆盆景花草，只可惜，这一切都消失在上世纪旧城改造的大浪潮中了。

小时候，家乡四季气候的变化非常明显，长辈教的四季节气歌是儿时背诵最早的诗歌："春雨惊春清谷天，夏满芒夏暑相连，秋处露秋寒霜降，冬雪雪冬小大寒。上半年是六廿一，下半年来八廿三，每月节气日期定，最多不差一两天。"这首儿歌小时候很快能够背过，还是得益于生活在乡村里能够直观感受到节气的变化。节气的时间最容易记住的方式是记阳历，但很多人总以为节气是阴历，那是个误会。节气的观测和确定，其实是以太阳回归年来划分的，所以，阳历的节气时间是大致不变的。

《岁时花事》缘起于我在上海新闻晨报的"物候日志"专栏连载。从 2013 年立夏开始，我用两年时间，系统介绍了节气的常识，自 2015 年起，专题化写了节气花木、节气美食、节气导引、节气说文、节气说礼、节气香事、节气茶事、节气画事，至 2023 年节气家训为止，共连载十年。本书就是在 2015 年节气花木专题的基础上，修改增补了部分插花相关内容完善的，主体内容有三条脉络，第一部分是岁时月令七十二候的物候变化规律，第二部分为每个节气应气花木的人文寓意，第三部分则是传统瓶花、盆景的常识概述。

《岁时花事》虽然主体是花，但主题其实是人文，是花的人文语言。近年来，关于节气花卉与插花主题的出版物很多，或着眼于自然花木本身，或倾向于插花艺术审美，忽视了中华传统文化中“天人合一”精神在花与人文上的内在联系。

花木扎根土壤，采地气而生，依赖阳光雨露，得天气而长，是代言自然时令的不二选择。“人生一世，草木一秋”古人谈天说地赏花吟月，无不是寄物抒情或借花喻人。这人事、花事，无不是在自然时令之中演绎。

由宋代陈景沂编著，被誉为世界第一部植物学辞典的《全芳备祖》并不是现代人想象中的植物学著作，而是一部人文著作。书中涉及有关每一种植物的“事实、赋咏、乐赋，必稽其始。”

明代哲学家王守仁的《传习录》中记载了先生游南镇，一友指岩中花树问：“天下无心外之物。如此花树，在深山中自开自落，于我心亦何相关？”阳明先生对曰：“你未看此花时，此花与汝心同归于寂。你来看此花时，则此花颜色一时明白起来。便知此花不在你的心外。”这似与“释迦拈花，迦叶微笑”的传法典故无二。用心揣摩，便会发现，古时传统文人的所有逸趣雅好，无不与心有关，古人折花入瓶之时，所照见的不就是自己的心性与生命吗。对花事而言，中国传统瓶花、清供、花卉的绘画作品，离开了天心与人文，则失去了灵魂。

本书与2022年出版的《岁时香事》是姊妹篇，但在节气的起始顺序上略有不同。本书采用了“春夏秋冬”的四时之序，从立春开始，这是依据花木的生发规律而来的，在此要特别说明一下。本书编校过程中，恰逢2024年12月20日联合国教科文组织将“春节——中国人庆祝传统新年的社会实践”列入人类非物质遗产代表名录。无论是节气还是春节，皆是中华传统文化核心价值观的具象化体现，代表了中国人对时空观、人生观和价值观在日常生活中的具体应用，而岁时花事即是其代表之一。

本书的基本结构仍是以最初在新闻晨报连载的文章为底本，以节序花木的特征和历代赏花风尚为脉络，涉及到岁朝清供、簪花、瓶花、盆景等常识普及。时风与物候现象年年岁岁皆不同，所以，文章在报纸首发时的时间与物候特征皆予保留，这也是一个时代物候风貌的记录。因当时版面所限，很多物候细节都仅仅是点到即止，若有错讹之处，祈方家批评指正。

岳强

甲辰冬至于珠泖河畔

一候东风解冻

二候蛰虫始振

三候鱼陟负冰

迎春花与报春花并非同一种花。报春花为草本，花心有伞形印记；迎春花为灌木，花瓣五到六片呈长圆形，地面匍匐生长。迎春和连翘同属木樨科落叶灌木，形态也很相似，只是连翘花瓣四片，花瓣较宽，枝条蓬勃向上，通常约晚于迎春花一周开放。

【立春】

迎春，江南春来花先知

宋·董嗣杲

迎春花

破寒乘暖迓东皇，簇定刚条烂熳黄。
野艳飘摇金雀嫩，露丛勾引蜜蜂狂。
万千花事从头起，九十韶光有底忙。
岁岁阳和先占取，等闲排日趱群芳。

通常在立春节气时，恰逢一岁中最冷时节之尾，所以从感官上来说，立春时节并没有春风拂面之暖。夏历是以立春为岁首，如果按生肖年来说，这一天也算是新一轮生肖年之始（另有一说，以正月初一算起）。《礼记·月令》篇是以一节一气为纪，立春、雨水二气为一月。“是月也，天气下降，地气上腾，天地和同，草木萌动。”

最早完整记载物候与节气变化的《逸周书·时训解》成书约在公元前2世纪，书中将岁时物侯变化以五日为一候，三候为一气，六气为一时，四时为一岁，一岁计二十四气七十二候，对应观测地点以中原地区为基准，每候均与一自然或动植物物候现象相应，称为候应。这套物候规律的形成以五行生克的哲学思想为基础，五日一候即一个木火土金水能量顺生周期，三候一气即日月星的空间磁场影响周期。

古人认为，禽鸟得气之先，故能觉察自然气机变化而顺时往返。因此，物候观测法也成为测定节气的三个重要手段之一。在立春三候中，“一候东风解冻，二候蛰虫始振，三候鱼陟负冰”。这三候所描述的皆是自然之中天、地、水中的生机。我们看汉字中最早的“生”字即是破土而出的苗芽，这也象征着生机之意。

一候东风解冻，为天时之生机。东方在五行中属木，木生火，为火之母，而火之气温而燥，所以，东方暖风吹来，冬寒被逐，冰冻可解。立春之后的中原地区，往往五日内必有东风，缘此，一候东风解冻即天之生机使然。

二候蛰虫始振，是地气之生机所致。立春节气五日后至十日内，蛰伏于地下的冬眠虫兽，感受到身下地温的变化，醒梦之际，翻身调整姿势即“始振”的本义，也是象征地气生机勃发之意。

三候鱼陟负冰，则是在立春节气后十日至十五日之冰，江河中潜于水底的游鱼也感受到水底的水温变化不适，而浮至水面，似背负冰凌一般。唐代诗人元稹《咏廿四气诗》的开篇《立春正月节》一诗中就写了立春三候的鱼陟负冰之景象：“春冬移律吕，天地换星霜。冰泮游鱼跃，和风待柳芳。早梅迎雨水，残雪怯朝阳。万物含新意，同欢圣日长。”此时，真正到东方风来万物生的大地回春之相了。

《道德经·第三十九章》所言：“昔之得一者，天得一以清；地得一以宁；神得一以灵；谷得一也可视以盈，万物得一以生。”很多人皆认为这个“一”为道体，但在我看来，此“一”也可视为“万物负阴而抱阳，冲气以为和”的具象之“阳”，即是生机。

北宋诗人苏轼一句“春江水暖鸭先知”传诵至今，南宋诗人张栻的“春到人间草木知”亦有异曲同工之妙。在二十四番花信风中，立春一候迎春、二候樱桃、三候望春。在北京的节气公园里所立的二十四节气柱，立春节气的代表花木也是迎春。这种花序的观察与选择，实际上是古人从自然、民生、医学、治世等领域总结出的秩序之喻，在节气花木的选取上除了依据自然法则，更赋予其人文价值，将其用于人伦社会的秩序统摄与教化，其核心思想是“天人合一”，这一点从《礼记·月令》中可窥一斑。

唐代诗人白居易在其《代迎春花招刘郎中》云：“幸与松筠相近栽，不随桃李一时开。杏园岂敢妨君去，未有花时且看来。”按照岁时花序来说，迎春花开花最早，它虽与梅花、水仙、山茶花并称“雪中四友”，又以其不择水土，适应性强，淡雅朴素，药用广泛的特点而广受贵族文人、山野隐士、草民百姓喜爱。北宋诗人韩琦赞美迎春花道：“覆阑纤弱绿条长带雪冲寒折嫩黄。迎得春来非自足，百花千卉共芬芳。”

很多人分不清迎春花与报春花，甚至误以为它们是同一种花。实际上报春花为草本，花心有伞形印记；迎春花为灌木，花瓣五至六片且呈长圆形，在地面匍匐生长。最易混淆的却是迎春与连翘，迎春和连翘同属木樨科落叶灌木，形态也很相似，只是连翘花瓣四片，花瓣较宽，枝条蓬勃向上，通常约晚于迎春花一周开放。

立春是节气中的“四立”之首。旧时春节即为立春之节。农历正月初一旧称“元日”、“岁朝”或“元旦”。假如恰好农历正月初一与节气立春相合，则称“岁朝春”。光绪庚辰进士李慈铭诗《云门再叠前韵见诒八叠韵酬之》云：“暂息鸣琴手，商量过早春。画中山作障，花里镜窥人。翠墨眉夜活，青编粉

左图：连翘　　右图：迎春

左页图 《登丰报喜图》轴 台北故宫博物院 藏
画中镂空双层玲珑套瓶内插白梅、南天竹，寓意为“梅开五福，鸿运当头”。花间悬香囊、玉磬，蝙蝠口衔盘长，且有祥云组合，寓意“福寿绵长”。黑漆彩绘几架上置铜鼎式香炉，瓷瓶内插香匙筋，另有爆竹及玉兰式盆景。前方果盘盛满百合、柿子、苹果、佛手，旁置柏枝与柿、灵芝与细颈琉璃鼓噹，巧妙运用同音谐音，表达“百事平安，福气吉祥”之意。

指新。岁朝清供满，不使玉台贫。”诗中“岁朝清供满”指的是旧时新春习俗，即以清雅的花果时蔬以谐音梗的方式组合而成的一件传统的装置艺术作品作为节庆供养陈设。所谓“图必有意，意必吉祥”，清供所用花瓶，通常会选择玉壶春、玉堂春、鱼尾瓶、观音瓶等，取其寓意平安如意、招财进宝、年年有余，等等。瓶中插花以南天竹表示鸿运当头，梅花表示梅开五福，松枝表示长寿，佛手、香橼表示福气圆满，葫芦表示福禄，灵芝寓意长寿，石榴、花生，表示多子多福等等。

作为春节礼俗之一的岁朝清供插花在择器、配花上讲究颇多，但宗旨只有一个：祈吉祥。所以也会有些避忌，比如插花时不用枯木，择花不选垂头、衰朽的花木，颜色上一般取暖色调的器皿与花果，通常不见黑白二色。摆放则以玄关或正堂为主，不能背靠厕所、厨房。

明代金润《瓶花谱》序言中道：“古云，插花挂画，清士之所能，岂腐儒俗叟之所与知哉……予之所爱，可以观时序之流行，格物理之开落，故凡草木之清者，质必素；色之艳者，短于香；发之早者，还先萎；耐其寒者，必后凋，斯则理之自然。予得以此静观，提其生仁，同其所爱，而乐亦无穷焉。”这里所概括插花之理与清供瓶花无二无别。在中华传统花事之中，无论是清供插花，还是书斋、厅堂日常瓶花陈设，除了通常所言审美，最重要的是花寓其理。

明代高濂著《遵生八笺》中录有《瓶花三说》，这是中式传统插花所遵循的基本原则。其一“瓶花之宜”道：瓶花之具有二用，如堂中插花，乃以铜之汉壶、太古尊罍，或官哥大瓶如弓耳壶、直口敞瓶，或龙泉蓍草大方瓶，高架两旁，或置几上，与堂相宜。

折花须择大枝，或上茸下瘦，或左高右低、右高左低，或两蟠台接，偃亚偏曲，或挺露一干中出，上簇下蕃、铺盖瓶口，令俯仰高下，疏密斜正，各具意态，得画家写生折枝之妙，方有天趣。若直枝蓬头花朵，不入清供。

花取或一种两种，蔷薇时，即多种亦不为俗。

冬时插梅，必须龙泉大瓶、象窑敞瓶、厚铜汉壶，高三四尺以上，投以硫黄五六钱，砍大枝梅花插供，方快人意。近有饶窑白瓷花尊，高三二尺者，有细花大瓶，俱可供插花之具，制亦不恶。

若书斋插花，瓶宜短小，以官哥胆瓶、纸槌瓶、鹅颈瓶、花觚、高低二种八卦方瓶、茄袋瓶、各制小瓶、定窑花尊、花囊、四耳小定壶、细口扁肚壶、青东磁小蓍草瓶、方汉壶、圆瓶、古龙泉蒲槌瓶、各窑壁瓶；次则古铜花觚、铜觯、小尊罍、方壶、素温壶、匾壶，俱可插花。又如饶窑宣德年烧制花觚、花尊、蜜食罐、成窑娇青蒜蒲小瓶、胆瓶、细花一枝瓶、方汉壶式者，亦可文房充玩。但小瓶插花，折宜瘦巧，不宜繁杂。宜一种，多则二种，须分高下合插，俨若一枝天生二色方美。或先凑簇象生，即以麻丝根下缚定插之。若彼此各向，则不佳矣。

大率插花须要花与瓶称，花高于瓶四五寸则可。假若瓶高二尺、肚大下实者，花出瓶口二尺六七寸，须折斜冗花枝，铺散左右，覆瓶两旁之半则雅；若瓶高瘦，却宜一高一低双枝，或屈曲斜袅，较瓶身少短数寸似佳。最忌花瘦于瓶，又忌繁杂。如缚成把，殊无雅趣。

若小瓶插花，令花出瓶，须较瓶身短少二寸，如八寸长瓶，花只六七寸方妙。若瓶矮者，花高于瓶二三寸亦可。

插花有态，可供清赏。故插花、挂画二事，是诚好事者本身执役，岂可托之僮仆为哉？

客曰："汝论僻矣！人无古瓶，必如所论，则花不可插耶？"不然，余所论者，收藏鉴家，积集既广，须用合宜，使器得雅称云耳。若以无所有者，则手执一枝，或采满把，即插之水钵、壁缝，谓非爱花人欤？何俟论瓶之美恶，又何分于堂室二用乎哉？吾惧客嘲熟矣，具此以解。

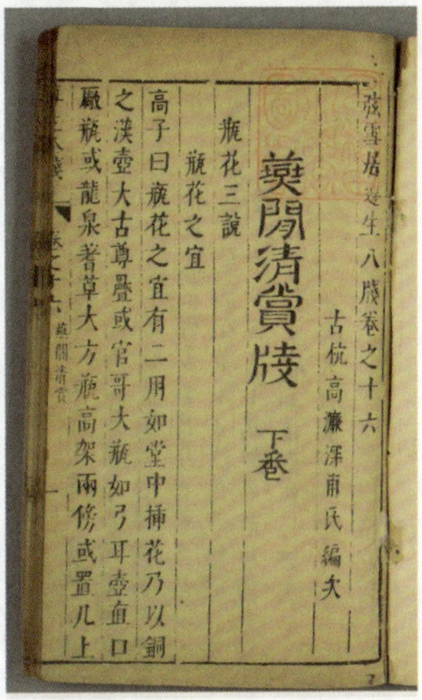
遵生八牋卷之十六
古杭高濂深甫氏編次
燕閒清賞牋 下卷
瓶花三說
瓶花之宜
高子曰瓶花之宜有二用如堂中插花乃以銅
之漢壺大古尊罍或官哥大瓶如弓耳壺直口
厰瓶或龍泉蓍草大方瓶高架兩傍或置几上

明 高濂《遵生八笺》"瓶花三说"

"瓶花之宜"主要论述插花择器的讲究与不同器物中的插花原则，还包括了不同场景陈设的花器搭配。其要点是"得画家写生折枝之妙，方有天趣。若直枝蓬头花朵，不入清供"。所以，插制传统瓶花，需要多看古画，比较方便的捷径就是遍览古代画谱，如明代胡正言辑选《十竹斋画谱》、清代李渔编《芥子园画谱》、清代九思斋主编选《三希堂画宝》中花卉、竹石等内容，专题类画谱如宋代宋伯仁编绘《梅花喜神谱》、明代黄凤池辑《梅竹兰菊四谱》等。从中找出折枝花卉插瓶的审美规律，再结合时花花语，如此，一瓶应时瓶花就很容易创作出来了。

其二，"瓶花之忌"道："瓶忌有环，忌放成对，忌用小口瓮肚、瘦足药坛，忌用葫芦瓶。凡瓶忌雕花妆彩花架，忌置当空几上，致有颠覆之患。故官哥古瓶，下有二方眼者，为穿皮条缚于几足，不令失损。忌香烟、灯煤熏触，忌猫鼠伤残，忌油手拈弄，忌藏密室，夜则须见天日。忌用井水贮瓶，味咸，花多不茂，用河水并天落水始佳。忌以插花之水入口，凡插花水有毒，惟梅花、秋海棠二种毒甚，须防严密。"

这是传统瓶花创作时的技术性避忌，更多如忌插枯枝等讲究则是从趋吉避凶的民俗寓意中产生的。

作者：严舒雯
花器：蓝釉琮式瓶、陶盆、花几、水石
花材：朱砂梅、水仙、高山羊齿蕨、香橼、佛手、金橘、灵芝、菖蒲

其三，“瓶花之法”道：

牡丹花：贮滚汤于小口瓶中，插花一二枝，紧紧塞口，则花叶俱荣，三四日可玩。芍药同法。一云：以蜜作水，插牡丹不悴，蜜亦不坏。

戎葵、凤仙花、芙蓉花（凡柔枝花），以上皆滚汤贮瓶，插下塞口，则不憔悴，可观数日。

栀子花，将折枝根捶碎，擦盐，入水插之，则花不黄。其结成栀子，初冬折枝插瓶，其子赤色，俨若花蕊，可观。

荷花，采将乱发缠缚折处，用以泥封其窍；先入瓶中至底，后灌以水，不令入窍。窍中进水则易败。

海棠花，以薄荷叶包枝根，水养，多有数日不谢。

竹枝（瓶底加泥一撮）、松枝、灵芝同吉祥草，俱可插瓶。

后录《四时花纪》，俱堪入瓶，但以意巧取裁。花性宜水宜汤，俱照前法。幽人雅趣，虽野草闲花，无不采插几案，以供清玩。但取自家生意，原无一定成规，不必拘泥。

灵芝，仙品也，山中采归，以箩盛置饭甑上，蒸熟、晒干，藏之不坏。用锡作管套根，插水瓶中，伴以竹叶、吉祥草，则根不朽，上盆亦用此法。

冬月插花，须用锡管，不坏瓷瓶，即铜瓶亦畏冰冻，瓶质厚者尚可，否则破裂。如瑞香、梅花、水仙、粉红山茶、腊梅，皆冬月妙品。插瓶之法，虽曰硫黄投之不冻，恐亦难敌。惟近日色南窗下置之，夜近卧榻，庶可多玩数日。

一法，用肉汁去浮油，入瓶插梅花，则萼尽开而更结实。

以上都是插花者的经验之谈，其目的就是延长赏花期，很多技巧一直沿用至今。也有些新的工具与材料的创新，比如瓶花固定花枝，前人用稻束或者泥与青苔塞紧瓶口，现在则常用剑山、浮石或做撒绑缚固定。俗言，“花开堪折直须折”，从延长赏花期的角度而言，插花人才是惜花人。

一候獭祭鱼

二候候雁北

三候草木萌动

『春色满园关不住，一枝红杏出墙来。』当雨水润物、大地回春之时，生命的激情也应时绽放，所以，杏花开时，既是春意盎然的时节，也是充满浪漫诗意的时节。

【雨水】

杏花，雨水诗成杏花天

杏花

唐·温庭筠

红花初绽雪花繁，重叠高低满小园。
正见盛时犹怅望，岂堪开处已缤翻。
情为世累诗千首，醉是吾乡酒一樽。
杳杳艳歌春日午，出墙何处隔朱门。

“万年如意好音来，百事咸宜笑口开。雨水正逢元旦日，黄金杯重压银台。”诗人画家吴藕汀先生这首《雨水》诗颇为应时应景。古时的春节亦称元旦，为了区分阳历和阴历两个新年，在1949年9月举行的中国人民政治协商会议第一届全体会议上决定，将阳历1月1日称元旦，阴历正月初一正式改称“春节”。吴藕汀先生这首《雨水》诗中的元旦，是沿袭旧历传统，所指即是春节。传统阴历的春节时间基本就在孟春二气“立春、雨水”之间。

在节气雨水三候中，初候“獭祭鱼”源自《大戴礼记·卷四十七夏小正》中所记载，观察描述水獭将捕获的鱼排列于水畔，像是祭拜一番后才会食用的现象。《月令七十二候集解》中认为：“豺獭知报本。岁始而鱼上游，则獭初取以祭。”鱼岁始而上游是感自然之气的变化顺势而行，獭捕鱼以祭或许与原始初民对自然的感恩祭拜行为相似，这一现象不知现在原始的生态环境中是否还能看到，其理之寓意，让我联想到四书之首的《大学》中所言：“富润屋，德润身，心广体胖，故君子必诚其意。”所谓知恩报本的品德并不是人类社会所独有的，獭祭鱼只是自然物象，却具有无言的教化力量。

雨水二候物象是“候雁北”，在《汉书》中称“鸿雁北”。《月令七十二候集解》中写道：“雁，知时之鸟，热归塞北，寒来江南，沙漠乃其居也。”二候候雁北归，提醒我们要懂得知时顺势。

雨水末候之象是“草木萌动”。五行之中水生木，雨水三候之象点化出万物生长的时与机：草木须赖雨水之润而萌，万物参化皆须顺势而生。

在北京崇文门节气公园里所立的二十四节气柱上，雨水节气的应时花木是杏花，二十四番花信风中，雨水节气一候菜花、二候杏花、三候李花。古时十二月花神中二月花神是杏花。这杏在古时被称为“五果”之一，宋人罗愿《尔雅翼》中道：“春之果，莫先于梅；夏之果，莫先于杏；季夏之果，莫先于李；秋之果，莫先于桃；冬之果，莫先于栗。

五时之首，寝庙必有荐，而此五果适丁其时，故特取之。”孔子在其讲学之处种植了许多杏树，故后人将讲学之地称为“杏坛”。而医家则因名医董奉行医不收钱，仅要患者在其居边植杏五株的典故，又称“杏林”。

明 吴彬 《杏坛讲学图》

雨水节气的应时花木选择杏花并非偶然。中医认为，杏花具有补中益气和祛风通络的作用，可以营养肌肤，祛除面上的粉斑。宋代的《太平圣惠方》中，就有以杏花、桃花洗面治斑点的记载。《名医别录》言其“主补不足，女子伤中，寒热痹，厥逆”。雨水节气后，水湿渐盛，春风也洌，杏花为饮可补中益气，正是应时良药。

从植物学角度看，杏属蔷薇科，有变色的特点，含苞时纯红色，开花后颜色逐渐变淡，花落时变成纯白色，是五瓣花。但据传说，古时杏花有粉红色、梅红色、红色等多种颜色。《古今图书集成·博物汇编·草木典》中引用《西京杂记》记载：“东海都尉于台，献杏一株，花杂五色，六出，云仙人所食。”并引《述异记》一书中道：“天台山有五色的杏花；六瓣，叫仙人杏，核内双仁。”园艺界前辈讲，虽听说过五色杏花，但都未见过。宋代预修《太平御览》《太平广记》《文苑英华》等书的文学家吴淑撰写过一篇《杏赋》道：“美此文杏禀精岁星，结灵山之茂影，布魏郡之繁英，卢谌纪祭享之典。师旷占丰俭之萌，三元是号，六出为名。耕沙识务农之节，粿麦知别味之精。南海漂流疗饥于舟子，牛山荒馑充食于黎氓，至于擅美含章传，名显阳范蠡宅畔。光武陵傍贡西山，于魏土列仙祠，于赖乡仲尼坐

图片从左到右，分别为山桃、梅花、杏　　李明印 摄

缁帷之侧，董奉植庐山之阳，又若张元以还，主为廉马，畅以不恭，为惧或饰之。而为梁，或则之而耕土，五沃得种植之。宜三月辨田畴之度，冠郁棣以称珍，见闲居之丽赋。”

“春色满园关不住，一枝红杏出墙来。”当雨水润物、大地回春之时，生命的激情也应时绽放，所以，杏花开时，既是春意盎然的时节，也是浪漫诗意的时节。

“活色生香第一流，手中移得近青楼。谁知艳性终相负，乱向春风笑不休。”唐代诗人薛能的《杏花》诗将杏花写成了轻浮易谢之花；而诗人吴融的《杏花》诗则将杏花描绘成轻愁淡喜之花：“粉薄红轻掩敛羞，花中占断得风流。软非因醉都无力，凝不成歌亦自愁。独照影时临水畔，最含情处出墙头。裴回尽日难成别，更待黄昏对酒楼。”真是爱也杏花恨也杏花。倒是罗隐的《杏花》诗：“暖气潜催次第春，梅花已谢杏花新。半开半落闲园里，何异荣枯世上人？”将梅与杏花和生命枯荣相对应，升华到了生命哲学的境界。李商隐亦写道：“日日春光斗日光，山城斜路杏花香。几时心绪浑无事，得及游丝百尺长？”当风吹花瓣飘漫天之时，这杏花能否勾起你的诗兴呢？

一候桃始华

二候仓庚鸣

三候鹰化为鸠

桃，在古时被当作仙木，桃花恰应惊蛰节气而绽放，所结之桃被赋予长生仙果的象征，桃花被封为三月的花神。中国最早的诗集《诗经》中『桃之夭夭，灼灼其华。之子于归，宜其室家』描绘出一幅桃花盛开时节年轻人结婚成家的喜乐画卷。而唐代诗人崔护的『去年今日此门中，人面桃花相映红。人面不知何处去，桃花依旧笑春风』则写出了古人那浪漫含蓄又执着专一的相思之苦。

【惊蛰】

桃花，满眼桃花皆礼乐

宋·葛天民

桃花

洞里桃花自古初，人间尘事几乘除。

重来渔父难相觅，前度刘郎未忍疏。

画楫迎逢春女渡，采符供奉岁朝书。

嫣然似共幽篁语，占尽风兴奈得渠。

在历史上，惊蛰节气的节序排定与命名是有过很大变革调整的。

汉景帝前，春季六气的节序为立春、启蛰、雨水、春分、谷雨、清明。至汉景帝登基后，避帝名讳的“启”，改启蛰为惊蛰，沿袭至今，节序也在东汉时期进行了重大的调整，即我们今天所熟知的节序：立春、雨水、惊蛰、春分、清明、谷雨。

据张培瑜等著《中国天文学史大系·中国古代历法》所载，东汉明帝永元十四年（102）发生过一次重大的漏刻制度改革，可惜具体内容未流传下来。在东汉四分历中所采用的刘洪和蔡邕于东汉灵帝熹平三年（174）观测二十四节气太阳所在赤道宿度的节气排序与太初历不同，已经是先雨水后惊蛰，由此可以推断出，惊蛰的节序调整变革大约在东汉明帝永元十四年前后。

《月令七十二候集解》中释：“二月节，万物出乎震，震为雷，故曰惊蛰。是蛰虫惊而出走矣。”惊蛰一候“桃始华”为蓓蕾初绽之意。

惊蛰二候是“仓庚鸣”。“仓庚”就是黄莺，又名黑枕黄鹂，叫声悦耳。仓表示“清”，庚表示“新”，当黄莺清晨穿梭于林间鸣唱之时，说明小虫儿都已经钻出了土壤或树干，早起的黄莺有虫子吃了。鸣唱本身是气的抒发，就

作者：严舒雯
花器：藤编花篮、花泥
花材：山桃、白芍、叶兰、鸢尾花

像《黄帝内经·四气调神大论篇》中所言，春三月“夜卧早起，广步于庭，被发缓形，以使志生”。其理一如。

惊蛰第三候“鹰化为鸠”，这是惊蛰物候的灵魂所在。我看到对此候的解释中，很多版本为：“鹰每年二、三月飞返北方繁殖，已不见迹影，只有斑鸠或布谷鸟飞出来，古人以为春天的斑鸠是由秋天的老鹰变化出来的，故作此候，比喻万物从新开始。”其实，这是我们当代人对古人物候隐喻的误读，是天大的误会和笑话。古代典籍在遣词用字上是非常严谨和讲究的，像节气中常见的年、岁、变、化、转、生等，每个字的表意是完全不同的。鹰是猛禽的代表，古人以鹰喻勇猛 、肃杀之意；鸠在此是与鹰相反的寓意。《周礼·夏官·罗氏》载：“中春，罗春鸟，献鸠以养国老，行羽物。”郑玄注：“鸠与春鸟变旧为新，宜以养老助生气。”可见，鸠象征着新生。鹰化为鸠的隐喻，就如很多道家典籍中所用的隐语一样，表示的是，生理气机感应节气时风变化而产生的气质改

变，这段时间里的鹰，脾性也变得像鸠鸟那样温和了。因此，在这里的“化”不是变化的意思，而是转化脾性的寓意。2014 年惊蛰节气时，我在《新闻晨报》的“物候日志”专栏所写文章标题是《惊蛰日放生节》，该文从节气与心灵的关系，提倡自我心灵净化与内放生。2015 年《物候日志》是以节气花木为主题，惊蛰的节气花木是桃花，其寓意依旧是生命的勃发与张扬。

被称为中国情人节的元宵节刚刚过去，就迎来了惊蛰节气。春暖花开灯红酒绿，年轻人结伴出游，除了赏花灯，还可以赏桃花。这桃花盛开之际，正是大自然生机勃发之时。中国最早的诗集《诗经》中“的桃之夭夭，灼灼其华。之子于归，宜其室家”描绘出一幅桃花盛开时节年轻人结婚成家的喜乐画卷。而唐代诗人崔护的“去年今日此门中，人面桃花相映红。人面不知何处去，桃花依旧笑春风”则写出了古人那浪漫含蓄又执着专一的相思之苦。可如今，桃花似乎成了艳遇的代名词，桃花运也成了成人之间所热衷的谈资。大家别忘了，古人还说桃木辟邪，贾思勰《齐民要术》中亦载：“东方种桃九根，宜子孙，除凶祸。”这又做何解释呢?

草木虽不能言语，却处处显露天机。《易经·系辞》云：“仰以观于天文，俯以察于地理，是故知幽明之故。原始反终，故知生死之说。”这桃，在古时被当作仙木，桃花恰应惊蛰节气绽放，所结之桃被赋予长生仙果的象征，桃花被封为三月的花神。其中很多缘由虽然典籍中未见明述，却在民间传承的言传口述中深入了人心。

关于桃花运，有正桃花与邪桃花之说，符合礼仪为正，败坏民风为邪。正桃花旺家，邪桃花败家。对岁时插花而言，民间风俗认为，未婚男女在惊蛰时节插鲜花于卧室，据说可以招桃花，但已婚卧室则不宜摆放鲜花。

自古以来，在汉民族的传统中，依天人合一的哲学理念，形成了一套完整的“礼乐治世”思想。其中，礼为秩序与规则，乐为道德与涵养。当社会秩序出现问题时就说“礼崩乐坏”。

宋儒朱熹认为，礼有体有用，体是“天理之节文，人事之仪则”。用则体现于一个“和”字。所以，孔子云：“礼之用，和为贵。先王之道，斯为美。小大由之，有所不行，知和而和，不以礼节之，亦不可行也。”礼，既是遵从社会时风的中和之道，又离不开“以礼节之”规矩和仪则。这体用关系，亦如时风与节气一般，节气依地球公转年年如约到来，时风却未必时时相应气气相和。这相和与相悖的相互关系又与世道人心何其相似。身人心若和，则不妄求，身心康泰；身心不和，病苦随至，烦恼不安。世人若能从这满眼桃花的惊蛰节气中静观花木而觉悟人生，重习礼乐教化，与节气和，与时风应，则身心康泰天下太平。

宋 佚名《碧桃图》纨扇 故宫博物院藏

身处处处诱惑花繁柳密的都市，有几人能心平气和遵礼而处之呢？大家不妨多读读《礼记》吧，或许你能从中找到自己的答案。

一候元鸟至

二候雷乃发声

三候始电

木兰花的花语是冰清玉洁和报恩。屈原在《离骚》中吟道的『朝饮木兰之坠露兮，夕餐菊之落英』就是以木兰喻其人格高洁。纯净素雅的木兰花最早多种植在寺院里，自唐代开始，人们取玉兰、海棠、迎春之谐音和牡丹的取义，合缀成『玉堂春富贵』，成为皇家园林中独有的寓意花木，亦成为院体画家花鸟画中的常见题材。

【春分】

玉兰，冰清玉洁望春花

玉兰

明·张茂吴

千花红紫艳阳看，素质摇光独立难。
但有一枝堪比玉，何须九畹始征兰。
唐昌的的春犹浅，汉掌亭亭露欲漙。
几曲后庭传乐府，张星和月正阑干。

春分时节，渔樵耕读都该忙起来了。春分，在《尧典》中被称为“日中”，在《礼记》中被称为“日夜分”，两种称谓都说明，古人早已发现在这一天昼夜是等分的。

春分初候“元鸟至”，在《夏小正》则以“玄鸟来降”命名。元鸟或玄鸟都是燕子的称谓。燕子是春分来、秋分去的候鸟。当春分节气一过，燕子陆续飞到百姓居家的屋檐下开始筑巢哺育新燕，所以，燕子来筑巢在民间被看作家门兴盛的吉祥之兆。

春分二候为“雷乃发声”，与三候“始电”需要结合起来解读，其中藏有大秘密。我们用现代科学成果来看这两候的话，会认为古人愚蠢，为什么？因为科学证明了光速是远远快过音速的，古人可能不知道吧？其实，这是我们对中国传统阴阳理论未能全面深入领悟所造成的误读。

我们先从阴阳学说的角度来看雷电现象。古人认为，雷为阳之气，电为阴之质，阴阳二气的运动是“阳先行，阴始动”。元代吴澄著《月令七十二候集解》则释曰：“阴阳相薄为雷，至此四阳渐盛犹有阴焉，则相薄乃发声矣。始电，电阳光也。四阳盛长，值气泄时，而光生焉。故历解曰，凡声阳也光亦阳也，

作者：严舒雯
花器：铜仿竹编葫芦花篮
花材：玉兰

电者雷光是也。”所以，自冬至一阳生到春分，达到以阳逐阴的阴阳二气的平衡点，也正是阴阳气交万物生衍的佳期，所以，从春分初候“元鸟至”之象的寓意延伸来看二、三候之象，就能了知春分三候所指为何。

惊蛰到春分，进入花团锦簇的赏花季，在此二气期间有一个与花有关的民俗节日，叫“花朝节”。宋代吴自牧所著《梦粱录·二月望》中载：“仲春十五日为花朝节，浙间风俗，以为春序正中，百花争放之时，最堪游赏。”这花朝节传说是花神的生日，具体到花神是谁则版本众多，我汇总了常见的四个版本合为右表。

清 郭岱 绘《十二花神图》
尚小云 旧藏

除了表中的花神，《红楼梦》中的十二金钗，也被称为十二花神，而葬花的林黛玉则被封为总花神，这也算是一个民间的版本吧。殷登国著《中国的花神与节气》序言中写道：“就地理条件来说，十二月花神只能诞生在四季分明，每个月都有不同花卉开放的国度，中国幅员广阔，充分具备此一条件。其次，就人文条件而言，十二月花神必须诞生在一个对植物有特殊情感的民族间。中国人以农立国，很早就出现《神农本草经》那样专业的植物学巨著，对各种植物花草观察入微，当然具备挑选十二种花卉以充分代表每个月的严格要求。就历史条件而言，十二月花神必须诞生在一个历史悠久的文明古国，才有足够的人物可供附会成与此花卉关系密切的花神。中国不但能挑出十二位男花神，还挑选了十二位女花神，说明在漫长的

历代十二花神版本汇编

月份	第一版男神	第一版女神	俞樾版男神	俞樾版女神	民国版	故宫版
正月	兰花·屈原	梅花·梅妃	梅花·何逊	梅花·寿阳公主	梅花·柳梦梅	梅花·寿阳公主
二月	梅花·林逋	杏花·道觐	兰花·屈原	杏花·阮文姬	杏花·杨贵妃	杏花·杨贵妃
三月	桃花·皮日休	梨花·虢国夫人	桃花·刘阮	桃花·息夫人	桃花·杨延昭	桃花·息夫人
四月	牡丹·欧阳修	牡丹·杨贵妃	牡丹·李白	蔷薇·丽娟	蔷薇·张丽华	牡丹·李白
五月	芍药·苏东坡	石榴·潘夫人	石榴·孔绍安	榴花·魏安德王妃李氏	石榴·钟馗	石榴·钟馗
六月	石榴·江淹	莲花·西施	莲花·王俭	莲花·晁采	荷花·西施	荷花·西施
七月	荷花·周敦颐	秋海棠·秦若兰	鸡冠花·陈后主	玉簪·汉武帝李夫人	水仙花·石崇	蜀葵·李夫人
八月	紫薇·杨万里	桂花·张丽华	桂花·郄诜	桂花·唐太宗贤妃徐氏	桂花·绿珠	桂花·徐惠
九月	桂花·洪适	菊花·贾佩兰	菊花·陶渊明	菊花·晋武帝左贵嫔	菊花·陶渊明	菊花·陶渊明
十月	芙蓉·范成大	芙蓉·花蕊夫人	芙蓉·石曼卿	芙蓉·飞鸾轻凤	芙蓉·谢素秋	木芙蓉·石曼卿
冬月	菊花·陶渊明	山茶·袁宝儿	山茶·汤若士	山茶·杨太真	山茶·白乐天	山茶·白居易
腊月	水仙·高似孙	水仙·甄夫人	蜡梅·苏黄	水仙·梁玉清	梅花·佘太君	水仙·娥皇女英

名花十友对照表

宋代曾端伯版		版本二	
兰花	芳友	茉莉	雅友
梅花	清友	梅花	清友
蜡梅	奇友	芍药	艳友
瑞香	殊友	瑞香	殊友
莲花	净友	荷花	静友
栀子	禅友	栀子	禅友
菊花	佳友	菊花	佳友
桂花	仙友	岩桂	仙友
海棠	名友	海棠	名友
荼蘼	韵友	荼蘼	韵友

历史中，中国人与花草植物的关系是如何密切，纠葛出了如何浪漫缠绵的感情。也就难怪十二月花神是中国人对全世界文明唯一独特的贡献，值得大书特书的文化遗产。”十二花神，曾成为清代艺术家创作的热门题材，“十二花神图、十二花神杯 .“也已成为现代拍场常见的拍品。

其实，除了十二花神，还有“名花十友”与“名花十二客”这两个以花拟人的赏花名目。在历史上，关于“名花十友”也流传有两个版本。

“名花十二客”出自宋代文人张敏叔，他以十二花为十二客，各赋诗一首，自此以后，名花十二客成为画家的画题之一。后续又演绎出了“名花三十客”“名花五十客”等版本。南宋姚宽著《西溪丛语》中录有“名花三十客”道：“昔张敏叔有十客图，忘其名，予长兄伯声尝得三十客：牡丹为贵客，梅为清客，兰为幽客，桃为妖客，杏为艳客，莲为溪客，木樨为岩客，海棠为蜀客，踯躅为山客，梨为淡客，瑞香为闺客，菊为寿客，木芙蓉为醉客，荼蘼为才客，蜡梅为寒客，琼花为仙客，素馨为韵客，丁香为情客，葵为忠客，含笑为佞客，杨花为狂客，玫瑰为刺客，月季为痴客，木槿为时客，安石榴为村客，鼓子花为田客，棣棠为俗客，曼陀罗为恶客，孤灯为穷客，棠梨为鬼客。”元代程棨著《三柳轩杂识·花客》收录“名花五十客”：“花名十客世以为雅，戏姚氏残语演为三十客。其中有未当者，暇日因易其一二，且复得二十客，并著之以寓独贤之意。牡丹为贵客，梅为清客，兰为幽客，桃为妖客，杏为艳客，莲为净客，桂为岩客，海棠为蜀客，踯躅为山客，梨为淡客，瑞香为闺客，木芙蓉为醉客，菊为寿客，酴醾为才客，蜡梅为久客，荼蘼为韵客，琼花为尊客，丁香为情客，葵为忠客，木槿为庄客，杨为狂客，玫瑰为刺客，月桂为痴客，含笑为佞客，石榴为村客，鼓子花为田客，曼陀罗为恶客，孤灯为穷客，棣棠为和客，棠梨为鬼客，木笔为书客。（以上见姚氏）芍药为娇客，凤仙为泪客，

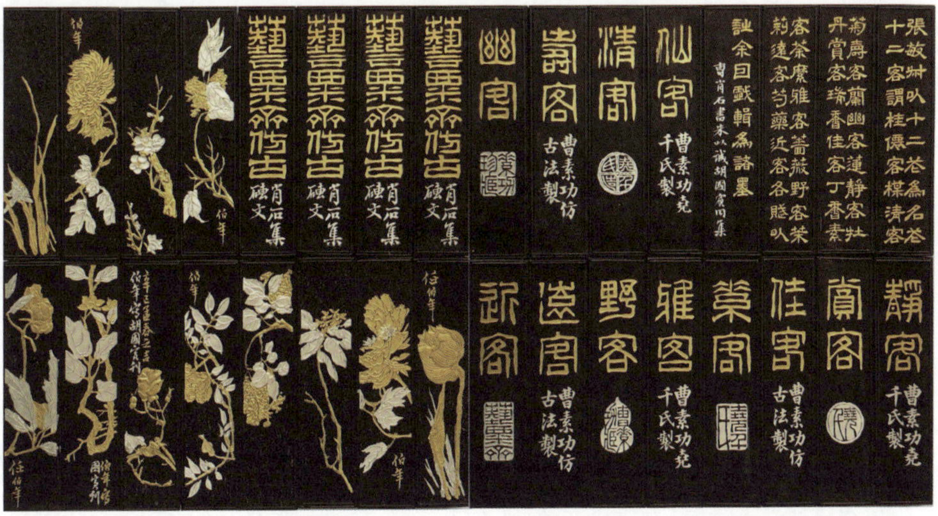

《名花十二客》套墨　曹素功尧千氏 制墨

明 文徵明《白玉兰图卷》 美国大都会艺术博物馆藏

紫薇为高调客，水仙为雅客，杜鹃为仙客，萱草花为欢客，橘花为隽客，栀子为禅客，来檎为靓客，山矾为幽客，楝花为晚客，菖蒲花为隐客，枇杷花为粗客，玉绣球为巾客，茉莉花为神客，凌霄花为势客，李花为俗客，迎春花为僭客，月丹为豪客，菱花为水客。（以上为新添）余尝评花，以为梅有山林之风，杏有闺门之态，桃如倚门市娼，李如东郭贫女。”（按此共五十一种与总数不符，前《西溪丛语》“三十客”中未载木笔。）文中所载的木笔花，即是春分时节的应气花木：木兰。

木兰花品种繁多，常见有望春玉兰（Yulania biondii），白玉兰（Yulania denudata），紫玉兰（Yulania liliiflora），黄山玉兰（Yulania cylindrica），武当玉兰（Yulania sprengeri）等。它们的别称甚多，有玉兰花、木笔花、望春花等，是木兰科落叶乔木，树高一般二至五米，最高可达十五米。花白或紫色，大型，芳香，先叶开放，花期十天左右，已有两千五百年左右的栽培历史，其中白玉兰是上海市市花。白玉兰与白兰花不是同一种花，白兰花属于木兰科含笑属的乔木，由黄玉兰和山含笑自然杂交所生，是东莞市市花。

木兰花的花语是冰清玉洁和报恩。屈原在《离骚》中吟道的“朝饮木兰之坠露兮，夕餐菊之落英”句，就是以木兰喻其人格高洁。纯净素雅的木兰花最早多种植在寺院里，自唐代开始，人们取玉兰、海棠、迎春中一字和牡丹的寓意，

合缀成“玉堂春富贵”，成为皇家园林中独有的寓意花木，亦成为院体画家花鸟画中的常见题材。

木兰花的花蕾还是一味中药，叫辛夷。据1979年版的《辞海》，广义的辛夷花可以认定就是广义的玉兰花。但更精确地细分的话，狭义的辛夷花是指紫玉兰花。白玉兰花蕾很光洁，而辛夷花蕾是毛茸茸的。但两者的花蕾，均可药用，疗效一致，性温味辛，归肺、胃经，辛散温通，芳香走窜，上行头面，善通鼻窍，其最广泛的运用就是美容，也是中国传统的和香香药之一。

在《神农本草经》中记载，辛夷治“面”，指的是脸上出现的黑色的斑点。《黄帝内经》中说，女性中年后因“阳明脉衰”，会出现“面始焦，发始堕”的现象，脸上开始生斑，比如产后出现的“蝴蝶斑”等，用木兰花蕾加上菟丝子和白及，调成稠糊糊状，像敷面膜那样敷在脸可以祛面斑。清代《花镜》中载，木兰花瓣“择洗清洁，拖面麻油煎食极佳，或蜜浸亦可”。以玉兰为花材插花时，对花器要求颇高，以端庄大气的素色瓷器或大腹铜瓶为佳。

现代科学研究发现，木兰花不仅自身冰清玉洁，还是大气污染地区很好的防污染绿化树种。白玉兰花白如玉，挺拔向上，香若幽兰，超凡脱俗地盛开在都市中、雾霾里，既清洁着尘世中的灰霾，又展现出它大度优雅、无私奉献的高贵品格，这不也正是上海人的精神吗？

一候桐始华

二候田鼠化为鴽

三候虹始见

梧桐中虚外实，直通天地之气，传说是能知时知令的灵树，为树中之王，《逸周书》中的『清明之日桐始华』奠定了桐花清明之花的地位。《大雅·卷阿》曰：『凤凰鸣矣，于彼高冈。梧桐生矣，于彼朝阳。』梧桐作为山中常见树木，生于高冈，秀于山林，藏于街巷，住于书香之家。古时，『据桐而坐，观桐花坠落』是高士清明踏青赏山中幽境的诗意写照。

【清明】

桐花，凤栖梧桐心清明

唐·崔橹

题山驿新桐花

雨余烟腻暖香浮，影暗斜阳古驿楼。
丹凤总巢阿阁去，紫花空映楚云愁。
堪怜翠盖奇于画，更惜芳庭冷似秋。
长日老春看落尽，野禽闲哢碧悠悠。

节气“清明”的称谓来自《淮南子》中的“八风”。这八风分别是“条风、明庶风、清明风、景风、凉风、阊阖风、不周风、广莫风”。据《淮南子·天文训》载：“春分则雷行，音比蕤宾。加十五日，斗指乙，则清明风至，音比仲吕。”清明风也就是东南风吹起时，暖风带来丰沛的雨水，空气清新，大地生机繁茂。

民间也有说法认为，这个节气之所以称为清明，传说与一位历史人物有关，他就是介子推。关于介子推的典故，网上一下可以搜出好多，最感人的是他的绝笔血书：“割肉奉君尽丹心，但愿主公常清明。”后人因此附会清明节的命名来源于这句话。清明祭扫则始于古代帝王将相“墓祭”之礼，上行下效，遂沿袭成俗。

现在的清明节假期蕴含了古代上巳、寒食、清明三个节日的意义。其中，上巳节即皇历辰月第一个巳日，是上古已有的“祓除畔浴”活动中最重要的节日，后来，很多民族的民俗流行为阴历三月三踏青对歌。寒食与清明则是互为阴阳的节日，寒食禁火是为了出新火，清明祭亡灵是为了佑新生；一阴一阳，一息一生。欧阳修诗《清明赐新火》中的“桐华应候催佳节，榆火推恩忝列臣”即以桐花榆火做寒食清明换新火之喻，清明初候“桐始华”指此时桐花应节绽放。

在故宫博物院藏有一套《御制月令七十二候诗》彩色集锦墨，此墨一候一锭，共七十二锭，分青、红、黄、白、绿五色，一面刻气候图，一面是清代书家梁国治所书乾隆御制七十二候诗。其中，为清明初候“桐始华”所撰诗为：“桐生茂豫逮春三，遂有桐花枝妙含。花落实成青则美，实孤花望白应惭。”诗中

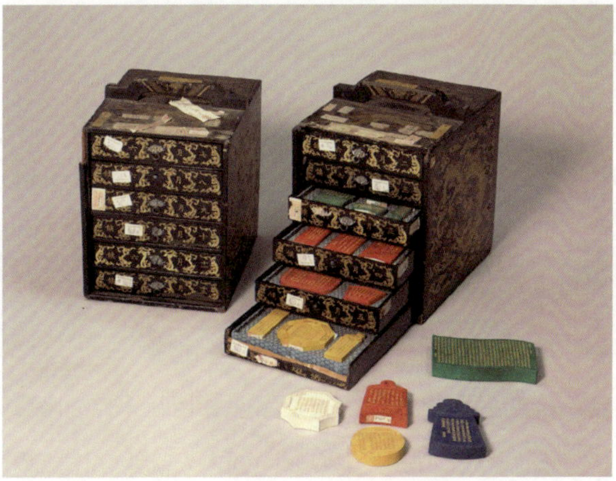

《御制月令七十二候诗》彩色集锦墨 故宫博物院藏

写道，桐花得春木清气而成果实之色，与春季东方木相的五行气之青色相应，而未得气结实者，则秋金之际，孤花望白，不免惭愧。以此喻人，莫负春光，悔之晚矣，真是妙笔点睛。

梧桐中虚外实，直通天地之气，传说是能知时知令的灵树，为树中之王，《逸周书》中的“清明之日桐始华”奠定了桐花清明之花的地位。

《大雅·卷阿》曰：“凤凰鸣矣，于彼高冈。梧桐生矣，于彼朝阳。”梧桐作为山中常见树木，生于高冈，秀于山林，藏于街巷，住于书香之家。张浍川《寒食》诗曰：“火冷烟青寒食过，家家门巷扫桐花。”古时，“据桐而坐，观桐花坠落”是高士清明踏青赏山中幽境的诗意写照。

据西汉《岁时百问》释：“万物生长此时，皆清洁而明净，故谓之清明。”《月令七十二候集解》亦载：“物至此时，皆以洁齐而清明矣。”清明实际上是取春分后“天地位焉，万物育焉”之中和清明之意。此时恰是养心调气的好时机，所以，汉族百姓清明踏青郊游放飞纸鸢，既活动肢体气血又愉悦放松心灵；其他少数民族也会以对歌、斗马、抢花炮等欢快的活动来度过这春和景明的三月三；文人则依儒家经典《大学》“定静安虑得”之次第养正明心；雅士则临水祓禊曲水流觞，书圣王羲之那著名的天下第一行书《兰亭序》就是这个时节所成。

梧桐被誉为树王，既因良材又喻靠山。有一俗语“良禽择木而栖”即源自凤栖梧桐之典故。《闻见录》中道：“梧桐百鸟不敢栖，止避凤凰也。”凤凰择木而栖，喻贤才择主而侍。史书中所载姜子牙直钩垂钓待文王与刘备三顾茅庐请诸葛亮出山的故事，我们若从另面去参悟，可以看到智者“耐得住寂寞”的淡泊清明之志。他们在没有遇到“梧桐树”前宁愿做一个平凡的渔樵耕读之人，在平淡的生活中，以自省、自律、自觉来候知音、教后生。

清明中候“田鼠化为鴽”，古人认为，田鼠生活在地下，为至阴之动物，鴽鸟则是至阳之鸟。自清明二候起，田鼠因烈阳之气渐盛，不再于地表活跃行动，而躲回洞穴避暑。喜爱阳气的鴽鸟则钻出巢穴出来活动，以此喻地表升清降浊，阳气日盛，阴气渐绝。乾隆御制七十二候诗中写道：“三月由来辰候当，火鹑水鼠化其常。相生位应子而午，交变神彰阴与阳。”辰候即是“见龙在田”，火鹑水鼠所喻之象即后一句的子水午火，交变则与上一节气春分三候所喻之意相应。

清明末候“虹始见”，虹就是雨后的彩虹。农谚道：“清明难得晴，谷雨难得雨。”清明时节多雨，所以彩虹常见。乾隆御制七十二候诗中写道：“天地缘何淫气行，晦翁兹语我疑生。春深律暖致斯见，日映云轻因已成。西宇朝隮必其雨，东方暮现定为晴。武夷亭幔空中架，蹑此居然到玉京。”从这七十二候诗中可以看出，古人将天地宇宙看作大的生命，而人与自然中的生命则是小的天地宇宙，所谓天人合一是本来为一，绝非意识心想而合。古人认为，天地氤氲，阴阳气交，日光雨气相薄则生虹，春深律暖、日映云轻皆为金秋硕果之因。“西宇朝隮必其雨，东方暮现定为晴”两句则教大家看虹知天气，早上在西方空中的虹预示会有雨，傍晚东方的彩虹则预示天晴。

清明时节有一物可令人心智清明，这即是茶。无论是百姓开门七件事还是文人的七般闲事，都以茶压轴。日本茶道精神是“和敬清寂”，中华茶文化精神是“正清和雅”。两者又皆以清为用，以合于道，为何？明心。在作为侍茶四宝之一的宜兴紫砂壶上常可以看到“可以清心也”这句回文刻款，任取一字为始读之，一曰：可以清心也；二曰：以清心也可；三曰：清心也可以；四曰：

也可以清心；五曰：心也可以清。仅仅五个汉字，简简单单，文思之妙，寓意之奇，品茶乐趣尽在其中：亦是清心也。所以，从节气应物来说，清明作为一年中采茶品茶之始，正和其时，得其位。

茶席插花与书斋厅堂插花有所不同，花器不宜太大，整体以禅意巧思的小型桌面陈设插花样式为宜，以免喧宾夺主。在花材选择上，不宜用有浓郁香气的花材，不宜用大朵浓艳的花材，也不宜使用枯枝朽木。花器选择上，可采用较小的碗花、盘花，或者盆景，也可以选择高度不超过十五厘米的铜瓶、瓷瓶或者琉璃料器花瓶。茶席插花主题上宜与茶品相呼应，可借鉴文人画常用题材——松、竹、梅、兰等为素材，以适令鲜花为点缀，营造出生意盎然的气氛或者出尘高洁的格调。因此，看似简单的茶席插花，其实最费心思，最显心智。

从桐花到清茶，无一不是大自然为我们准备的清心妙药。心明气清才能智慧决断和运筹帷幄，此亦是因果之理。待到谷雨，行云布雨的劳作时节就要开始了，你可想过，要在自己的心田中为未来播种什么？又将收获什么呢？

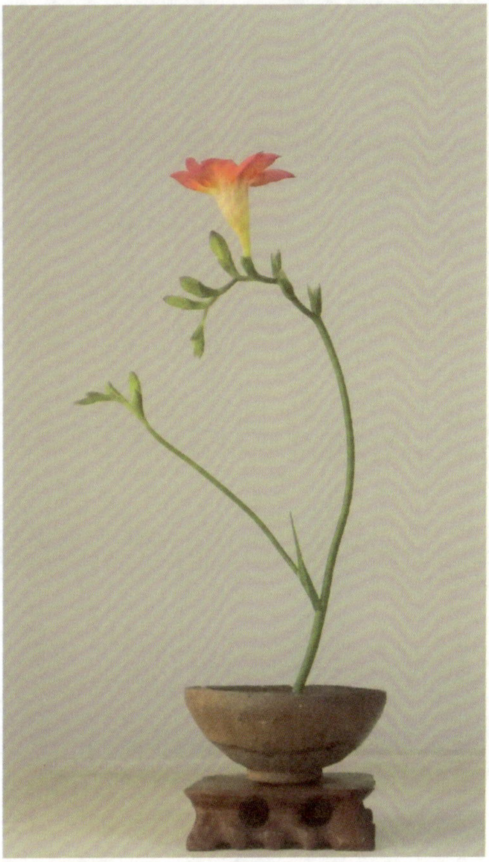

作者：李勤
花器：宋代建盏残件、剑山
花材：香雪兰

一候萍始生

二候鸣鸠拂其羽

三候戴胜降于桑

牡丹是原种只产于中国的传统名花，唐刘禹锡的《赏牡丹》诗道：『庭前芍药妖无格，池上芙蕖净少情。惟有牡丹真国色，花开时节动京城。』可以看到盛唐帝都百姓对牡丹的疯狂痴迷，李正封《咏牡丹》『国色朝酣酒，天香夜染衣。丹景春醉容，明月问归期』中的『国色天香』则成为对牡丹的最高评价。民间传说『花开知国事』。古时，牡丹还是『观花问事』的重要花木，其花盛则年丰，花衰则年歉。历代帝王喜欢以牡丹为国花，也是取其国富民丰之愿景吧。

作者：严舒雯

花器：雾蓝釉琮式瓶、紫砂菖蒲盆

花材：姚黄牡丹、紫藤、叶兰、菖蒲、蓬莱松、羊齿叶

配景：佛手、如意、香几、香木、炉瓶三事

【谷雨】

牡丹，国色天香富贵花

唐·殷文圭

赵侍郎看红白牡丹因寄杨状头赞图

迟开都为让群芳，贵地栽成对玉堂。
红艳袅烟疑欲语，素华映月只闻香。
剪裁偏得东风意，淡薄似矜西子妆。
雅称花中为首冠，年年长占断春光。

微雨蒙蒙中，节气谷雨应景而至。春生夏长秋收冬藏，二十四节气四季流转中，谷雨作为春季六气的最后一个节气，象征着生的极致。清明的“物候日志”结尾提到，谷雨是播种的节气。从身心之内来理解谷雨，其实是智慧的播撒，谷是智慧的财富，雨是遍洒的传承。在《易经》十二消息卦中，谷雨对应的卦象是“夬”，乾下兑上，其气五阳息一阴，转承夏长之势已初具。所以，传说谷雨是仓颉造字后天地感动而天降谷雨，这谷雨不就是文化启蒙的象征吗？

谷雨初候“萍始生”。在《七修类稿》卷三天地卷中释：“萍，阴物，静以承阳也。”青萍浮生，随风而漂，大势之中，若不随顺，几无生机可言。所以，《逸周书·时训解第五十二》即道：“萍不生，阴气愤盈。”天地气机的纤毫变化，都会影响生态秩序。开蒙，即睹青萍微末之相，见万物生灭之序，顺阴阳气机之变，成人事繁盛之业。开蒙顺势，才是真正顺其自然，才有资本夬夬独行，才有机会利有攸往。

谷雨二候，“鸣鸠拂其羽”。鸠，俗称布谷。《本草》释曰：“拂羽飞而翼拍其身，气使然也。”此为禽鸟感自然气机所现之象，这对上古先民来说，就是他们历时数百上千年观察自然现象对应农时人事的科学，其道理对现在的我们依旧是有价值的。在先民看来，顺其自然并不是任意妄为，而是要随顺自然生态，这还仅仅是最初级的人智开蒙。

魏紫牡丹

谷雨末候，“戴胜降于桑”。《尔雅》注释：“头上有胜毛，此时恒在于桑，盖蚕将生之候矣。言降者，重之若天而下亦，气使之然也。”戴胜在中国神话中是西王母的头饰，也代指西王母。唐代诗人贾岛有一首《题戴胜》写道：“星点花冠道士衣，紫阳宫女化身飞。能传世上春消息，若到蓬山莫放归。”戴胜降于桑之象中，降，有降服之意，即是春夏之交气机中，五阳息阴的隐喻。

《左传·昭公二十五年》中，子大叔见赵简子说：“夫礼，天之经也，地之义也，民之行也，天地之经，而民实则之，则天之明，因地之性，生其六气，用其五行……是故为礼以奉之。”学习传统文化绝不仅仅是背背诗、读读经而已，而需要系统地学习和理解数千年来那些最优秀的人文与自然经典中古人的思维方式与观察方式，再通过自己的实践来理解和体会，以良知指导心行，这才是真正知行合一地学习传统文化，才能享受到传统文化之美。我在《岁时香事》一书的序言中写道“依文解意、训诂正义、消文会意、践行达意”即是系统学习传统经典法融于心的必经步骤。谷雨是二十四节气中的智慧之气，“腹有诗书气自华”，传统国人眼中的富贵，就是来自经典诗书涵养过的气质与内涵。

谷雨的节气花木是代表富贵的国花牡丹。牡丹是原种只产于中国的传统名花，其原始野生种广布于长江流域的滇、藏、黔、川、鄂与黄河流域的豫、陕、晋、甘诸省山川中，新疆、内蒙古、广西也有零星分布，种质资源非常丰富。《神

唐 周昉《簪花仕女图》辽宁省博物馆 藏

农本草经》中记载："牡丹，味苦辛寒……安五脏，疗痈创。一名鹿韭，一名鼠姑。生山谷。"

古时，牡丹与芍药是不分的。所以，"牡丹初无名，故以芍药以为名"。牡丹是木本植物，芍药是草本植物。两者花形相似，花期相近，牡丹先开，芍药后开，花期相差十五天左右。旧时文人喜将其同园而植，次第花开，以延长赏花期。唐诗人徐凝《咏牡丹》道："何人不爱牡丹花，占尽城中好物华。疑是洛川神女作，千娇万态破朝霞。"

牡丹有许多别称，最体现其气节的是"焦骨牡丹"。传说是武周时期，女皇武则天命寒冬时节百花齐放，唯有牡丹抗命，被贬至洛阳又遭火焚，以其凛然正气，被众花仙拥戴为"百花之王"。唐刘禹锡的《赏牡丹》诗道："庭前芍药妖无格，池上芙蕖净少情，唯有牡丹真国色，花开时节动京城。"宋代文人欧阳修在《洛阳牡丹记·风俗记》中写道："洛阳之俗，大抵好花。春时，城中无贵贱皆插花，虽负担者亦然。花开时，士庶竞为游遨，往往于古寺废宅有池台处为市井，张幄帟，笙歌之声相闻。最盛于月坡堤、张家园、棠棣坊、长寿寺东街与郭令宅，至花落乃罢。"可以看到唐宋期间，百姓对牡丹的疯

狂痴迷与牡丹花期时的盛况。唐代诗人李正封这首《咏牡丹》“国色朝酣酒，天香夜染衣。丹景春醉容，明月问归期”中的“国色天香”则成为对牡丹的最高评价。

宋代文人周敦颐在《爱莲说》中道：“牡丹，花之富贵者也。”唐代画家周舫绘《簪花仕女图》中也描绘了唐人头簪牡丹的雍容富贵之姿。簪花，这也是中华民族自汉代流传至今的花事风俗。从敦煌壁画中可以看到很多头戴花鬘璎珞的菩萨、飞天、歌舞伎乐等形象，敦煌出土的绢画《引路菩萨像》中，引路菩萨就头戴花鬘。清代戏剧家李渔在《闲情偶寄·首饰》篇中写道：“富贵之家，如得丽人，则当遍访名花，植于阃内，使之旦夕相亲，珠围翠绕之荣不足道也。晨起簪花，听其自择，喜红则红，爱紫则紫，随心插戴。”簪花风俗流传至今，2008年，泉州蟳埔女的“簪花围”被列入国家级非物质文化遗产名录。

除了簪花，牡丹也是文人画家笔下常见主题。文人雅士也常以牡丹、蝶、猫组合绘成《耄耋富贵》图贺寿，取其健康长寿、富贵吉祥之美好祝愿。谷雨插花则往往以牡丹作为主花寓花开富贵之意，所用花瓶以古铜瓶盛之能衬托出牡丹的华贵富丽，以白瓷瓶衬托，则可在富贵中呈现清雅之姿。

敦煌藏经洞 唐《引路菩萨图》局部 英国不列颠博物馆 藏

民间传说“花开知国事”。古时，牡丹还是“观花问事”的重要花木，其花盛则年丰，花衰则年歉。历代帝王喜欢以牡丹为国花，也是取其国富民丰之愿景吧。

俗话说：“胸无城府人如玉，腹有诗书气自华。”古人诗礼传家，诗言志向，彰学问，所以以诗为富；礼为规约，表修养，因此有礼则为贵。而牡丹的人文内涵恰恰具备了富与贵两种品性。

清代戏剧家李渔爱花成癖，曾倾尽家产，不辞辛苦从巩昌运回数十种牡丹栽植。别人嘲讽：“群芳应怪人情热，千里趋迎富贵花。”李渔妙答：“彼以守拙得贬，予载之归，是趋冷非趋热也。”李渔在《闲情偶寄·种植部·木本》篇中这样写牡丹：“人主不能屈之，谁能屈之？此王者之姿。又牡丹习性向阳，它花可委曲求全，唯牡丹不可通融，此亦是王者之道。”

日本华裔作家陈舜臣先生在其文章《牡丹浓艳乱人心》中将梅与牡丹作为代表华夏文明精神的两种典型花木相比较说：“我认为在中国，梅与牡丹常相得益彰，打动人们的心灵。”梅为逆境开放的花，牡丹为盛世代表的花。梅花的精神是自强不息、坚毅勇敢的凝聚力，牡丹则代表了大气庄严、雍容富贵的包容力。

谷雨时节既然是播种的时节，种瓜得瓜，种豆得豆，就让我们的内心栽培一株富贵的牡丹，以诗礼传家，待到秋收之时，将会收获一个多么美好的盛世书香之家啊！

春令花序总表

节气	花木	物候	
立春 阳历2月4日— 6日	迎春 梅花 君子兰	一候	东风解冻
		二候	蛰虫始振
		三候	鱼陟负冰
雨水 阳历2月20日— 22日 寅月中气	杏花 春兰 紫罗兰	一候	獭祭鱼
		二候	候雁北
		三候	草木萌动
惊蛰 阳历3月4日— 6日	桃花 含笑 美人梅	一候	桃始华
		二候	仓庚鸣
		三候	鹰化为鸠
春分 阳历3月20日— 22日 卯月中气	玉兰 梨花 紫叶李	一候	元鸟至
		二候	雷乃发声
		三候	始电
清明 阳历4月4日— 6日	桐花 樱花 海棠	一候	桐始华
		二候	田鼠化为鴽
		三候	虹始见
谷雨 阳历4月20日— 22日 辰月中气	牡丹 丁香 紫藤	一候	萍始生
		二候	鸣鸠拂其羽
		三候	戴胜降于桑

【说明】每个节气中所标注的时间为：月初的节气仅标阳历时间，月中的中气则阳历时间与干支月份皆做标注，干支月份为置闰时的参照。

一候蝼蛄鸣

二候蚯蚓出

三候王瓜生

立夏的节气花木蔷薇是中国民居中常常用作隔离栅栏的攀缘花木，又名『刺红』，美丽而多刺，不择土质，顽强易活。唐代诗人齐己在其《咏蔷薇》中道：『根本似玫瑰，繁美刺外开。香高丛有架，红落地多苔。去住闲人看，晴明远蝶来。牡丹先几日，销歇向尘埃。』

【立夏】
蔷薇，结屏野客穿篱开

唐·陆龟蒙

蔷薇

倚墙当户自横陈，致得贫家似不贫。
外布芳菲虽笑日，中含芒刺欲伤人。
清香往往生遥吹，狂蔓看看及四邻。
遇有客来堪玩处，一端晴绮照烟新。

五四青年节一过，就迎来立夏节气，如果说人天相应的话，那立夏节气确实像朝气蓬勃的青年一般，所以，我在2014年5月6日《新闻晨报》的“物候日志”专栏就写过《立夏当立志》。

节气立夏被认为是阳气盛至近极的最旺阶段。立夏初候“蝼蝈鸣”是描述昼伏夜出的阴寒之虫蝼蝈，因感应到阴气衰微将竭的悲鸣。蝼蝈也称蝼蛄，是蝼蛄科昆虫，性寒，味咸，有小毒。《本草纲目》中描述：“蝼蛄穴土而居，有短翅四足，雄者善鸣而飞，雌者腹大羽小，不善飞翔。吸风食土，喜就灯光，入药用雄。”

立夏中候“蚯蚓出”中的蚯蚓在中药里名为“地龙”，为我国最早的中药学专著《神农本草经》里所载六十七种动物药中的下品药物，其性大寒，味咸，有清热定惊、通络、平喘、利尿之功效。蚯蚓对地气的感应会有特别明显的表现，阴曲而阳伸，所以，当立夏节气到来之时，蚯蚓的表现就是伸展而钻出地面。

上述二候都是地下昆虫感受地气变化的表现，并随阴阳二气的能量变化态势而曲伸求全。

立夏末候“王瓜生”中的“王瓜”是葫芦科栝楼属多年生草质攀缘藤本植物。其果实、种子、根均可入药。其性寒，味苦。归心、肾二经，有清热、生津、化瘀、通乳之功效。

雨后上海枣阳公园花墙上绽放的百叶蔷薇 李勤 摄

立夏三候所采样的标本皆为药用动植物，且都是阴寒之物，它们却成为蓬勃生发的夏初之际的重要物候特征，为什么？《黄帝内经·阴阳应象大论篇》道：“阳生阴长，阳杀阴藏。阳化气，阴成形。寒极生热，热极生寒。”而“此阴阳反作，病之逆从也”。顺势则生，逆势则病，人物一理。

在花木中，攀缘用作篱笆墙的蔷薇花开，立夏节气也就到了。

蔷薇是观赏类植物家族中最大的种群之一，像月季、玫瑰等多数世界著名的观赏植物均归于蔷薇科蔷薇属。而立夏的节气花木蔷薇则是中国民居中常常用作隔离栅栏的攀缘花木，这种蔷薇又名“刺红”，美丽而多刺，不择土质，顽强易活。唐代诗人齐己在其《咏蔷薇》中道：“根本似玫瑰，繁美刺外开。香高丛有架，红落地多苔。去住闲人看，晴明远蝶来。牡丹先几日，销歇向尘埃。”

古时，蔷薇除了做篱笆，还可做书斋点缀之花，而立夏之时恰是书生求学精进之际。依《吕氏春秋·孟夏纪》所言，立夏之时，本性崇尚礼，修身求视明。所以，“天生人也，而使其耳可以闻，不学，其闻不若聋；使其目可以见，不学，其见不若盲；使其口可以言，不学，其言不若爽；使其心可以知，不学，其知不若狂。故凡学，非能益也，达天性也。能全天之所生而勿败之，是谓善学”。故“师之教也，不争轻重尊卑贫富，而争于道。其人苟可，其事无不可。所求尽得，所欲尽成，此生于得圣人。圣人生于疾学。不疾学而能为魁士名人者，

作者：严舒雯
花器：蓝磨砂玻璃盘口天球瓶
花材：蔷薇、排草、小叶黄杨

未之尝有也”。也就是说，立夏之时，为求学上进，修齐治平之良机，学非投机致用，是求识见本性之道。

我常听到有人质疑《三字经》开篇那句话“人之初，性本善”，认为人性更多偏于恶，怎么会说“性本善”呢？其实，所有解释“性本善”为善良的善都是误会了“善”之本义。此“性本善”之“善”是指所有人的本性平等完善的意思，而是并非善恶之善。既然所有人之天性平等完善，后天之差异即为学修习气使然，也就是“性相近，习相远”之意。

英国诗人西格夫里·萨松在其诗歌《于我，过去，现在以及未来》中写道：“我心有猛虎，在细嗅蔷薇，审视我的心灵吧，亲爱的朋友，你应战栗，因为那里，才是你本来的面目。”这心中的猛虎与蔷薇不也似《三字经》之“善”意吗？无论是东方的前贤还是西方的诗人，对蔷薇花语的引用、阐释和对人性的见解、认识，都有着异曲同工之妙。

蔷薇作为立夏之花，还有一层热烈、情爱之意。所以，南北朝诗人柳恽《咏蔷薇》中道：“当户种蔷薇，枝叶太葳蕤。不摇香已乱，无风花自飞。”如此看蔷薇花又似显轻薄。

白居易《题山石榴花》中却为蔷薇正名道：“蔷薇带刺攀应懒，菡萏生泥玩亦难。争及此花檐户下，任人采弄尽人看。”而清人李渔在其《闲情偶寄》中则称：“结屏之花，蔷薇居首。其可爱者，则在富于种而不一其色。大约屏间之花，贵在五彩缤纷，若上下四旁皆一其色，则是佳人忌作之绣，庸工不绘之图，列于亭斋，有何意致？是屏花之富者，莫过于蔷薇。”蔷薇花期长，易成活，是插花常用的花材，既可修剪出单枝插于细颈瓶中，亦可作为其他花材主题的配花使用。在插花时，须注意花朵以单数为宜。

俗可穿篱怒放，雅可列于亭斋。做人若能如蔷薇这般，虽有些许芒刺，也堪招人喜爱。待人若能像待蔷薇这般，即使有刺在身，也能因其美丽而接受与欣赏，待走进赤日炎炎的夏令，我们心中也总会有美好相伴。

一候苦菜秀

二候靡草死

三候麦秋至

史料中关于杜鹃花的记载最早见于汉代《神农本草经》，书中以『羊踯躅』为名，将其列为有毒植物。因其花团锦簇，极具观赏性，一千多年前人们就开始尝试栽培杜鹃花。唐代诗人白居易对杜鹃花情有独钟，第一次移植杜鹃未能成活，他写下了『争奈结根深石底，无因移得到人家』的诗句。

岳桂竹 摄

【小满】
杜鹃，映山红开情意浓

唐·李咸用

同友生题僧院杜鹃花

若比众芳应有在，难同上品是中春。
牡丹为性疏南国，朱槿操心不满旬。
留得却缘真达者，见来宁作独醒人。
鹤林太盛今空地，莫放枝条出四邻。

小满，为夏季六气的第二气。此时天气就像北方蒸馒头差不多，需要热一热、凉一凉、下下雨，这样小麦的麦粒才能“至此小得盈满”。

当然，我们对节气物候的理解和认知，不能仅仅从农时层面来简单粗暴地理解为农耕文明的产物，也不能将其玄学化、神秘化，而是从人与自然的和谐生存角度去观测和体认，这样会更接近传统的节气真相。

顾炎武在其《日知录》卷三十中写道：“三代以上，人人皆知天文。七月流火，农夫之辞也；龙尾伏辰，儿童之谣也。后世文人学士有问之而茫然者矣。”上古之人衣食住行，皆自观天象来定，彼时人们对自然的观察力是相当敏锐的，就像老农民会看云识天气一般平常。所以，二十四节气皆是长期观测积累总结的日用生活人事之实用历法。像小满三候所描述虽为植物生态，但其隐喻与人事有很大关系。

小满初候“苦菜秀”。现在的通常说法是作为野菜的苦菜。但从饮食文化的角度来追溯的话，秦汉以前的苦菜也有可能指的是“茶”。若从《尔雅》释“秀”之意看，“不荣而实者谓之秀，荣而不实者谓之英”。茶似乎更接近此意。“茶”的古字为“荼”，为解毒之草木。茶人都了解，谷雨前的茶苦味淡，立夏后，茶“感火之气而苦味成”，此时茶性更为苦寒，正是祛心火之良药。

西洋杜鹃盆景
岳桂竹 摄

从药草偏性来平衡身心五行能量的角度来说，小满初候“苦菜秀”是提醒人不要急躁上火啊。

小满二候“靡草死”。在《礼记》注中认为，靡草为“草之枝叶而靡细者”。古人观察自然生态发现，“凡物感阳而生者，则强而立；感阴而生者，则柔而靡”。由此来看，靡草属于至阴之气所生植物，所以当阳气炽盛时，无法适应则死去。小满初候提醒应气则不能上火，二候则提醒应气要懂得适应。

小满三候“麦秋至”。秋为百谷成熟之际，而此于时虽为孟夏，对小麦却是收成时节，所以，小满三候称为“麦秋至”。在《易经·彖传》中写道：“天道亏盈而益谦，地道变盈而流谦，鬼神害盈而福谦，人道恶盈而好谦。谦，尊而光，卑而不可逾，君子之终也。”大意是为人之处世的原则，是厌恶骄盈者而喜好谦恭者。天地鬼神人皆好谦之德，此谦之所以亨也。收成之时，如何守成？谦，即小满，也是《易经》六十四卦中最吉之象。如果问哪个汉字最能代表小满节气的表意，那就是“谦”。

“谦逊、谦和、谦让”是人生节气中的小满三候之应象，在那看似虚伪礼俗的表象之下，隐藏着中国人的输赢观。胜之，感谢对方“承让”；得之，感恩对方“抬举”；共谋之时，则强调“求同存异”。

“当见到满山杜鹃盛开，就是爱神降临的时候。”据说，这是杜鹃花的箴言。

杜鹃花又名山石榴，因其花色艳红，故又得名映山红，它生于海拔五百米至一千二百米之间的山地灌木丛或松林下，每簇花二至六朵，花冠呈漏斗形，有红、淡红、杏红、雪青、白色等，花色繁茂艳丽，为中国中南及西南酸性土壤的典型植物。

杜鹃花全株可供药用，有行气活血、补虚之功效，治疗内伤咳嗽、肾虚耳聋、月经不调、风湿等疾病。南亚著名的山国尼泊尔，把杜鹃花定为国花，我国广西柳州市也把杜鹃花定为市花。

一般在农历三四月间，杜鹃花便如火如荼地绽放于西南山野，映得满山红遍。唐人成彦雄在《杜鹃花》中写道："杜鹃花与鸟，怨艳两何赊。疑是口中血，滴成枝上花。"将杜鹃鸟与杜鹃花的典故概括到极致。传说，古时蜀国曾有位爱民如子的国君杜宇，他禅位后隐居修道。后来，羽化为子规鸟，此鸟别名子鹃，百姓为纪念国君杜宇，便称此鸟为杜鹃鸟。春季播种之时，杜鹃鸟应季飞来叫百姓"快快布谷……"嘴巴啼叫至流出鲜血洒遍山野，染红盛开的山石榴，人们就称此花为杜鹃花。

映山红

史料中关于杜鹃花的记载最早见于汉代《神农本草经》，书中以"羊踯躅"为名，将其列为有毒植物。因其花团锦簇极具观赏性，一千多年前人们就开始尝试栽培杜鹃花。杜鹃花宜栽培修剪盆景观赏，瓶花中使用较少。

唐代诗人白居易对杜鹃花情有独钟，第一次移植杜鹃未能成活，他写下了"争奈结根深石底，无因移得到人家"的诗句。公元820年，他终于成功移植了杜鹃花，兴致盎然地写下了"忠州州里今日花，庐山山头去年树。已怜根损斩新栽，还喜花开依旧数"。

依西方人的花语系统来说，杜鹃花的花语是"爱的欣喜和节制欲望"。这也应和了"小满"的时气之象。李商隐在《锦瑟》中写道："锦瑟无端五十弦，一弦一柱思华年。庄生晓梦迷蝴蝶，望帝春心托杜鹃。沧海月明珠有泪，蓝田日暖玉生烟。此情可待成追忆，只是当时已惘然。"从情谊的角度来说，"小满"花木提醒我们，在感情上，懂得惜缘而谦和节制，幸福才会长久，这也与《易经》中"谦"卦之表意相应，不是吗？

一候螳螂生

二候鵙始鸣

三候反舌无声

唐人元稹有首《和汉宫秋词长咏石榴花》很有意思：『榴花初染火般红，果实涂丹映碧空。自古人夸多子贵，如今徒惹恨无穷。』石榴的象征是多子多福，而芒种节气则应勤于耕种，对子嗣来说，这耕种就是教育的传承。

【芒种】

石榴，多子多福用心培

宋·宋祁

学舍石榴

曾见芳英上舞裙，缘何此地寄轮囷。
烟滋黛叶千条困，露裂星房百子匀。
未羡扶南收作酿，曾经骑省赋为珍。
须知博望来时晚，莫促幽芳趁暮春。

明代文人陈三谟在其《岁序总考全集》一书中写道：“芒种五月节。芒草，端也；种，稼种也；言有芒之谷，此时皆可稼种，故谓之芒种。”稼，是收成；种，为栽种。芒种节气就是麦子收割稻谷栽种的节气。芒种的“芒”既指谷物草木等物象之芒，又喻指光明能量的质象之芒。

芒种初候“螳螂生”。螳螂，草虫，又名天马、斧虫。因其飞捷如马，前二足如斧而得名。螳螂是很有意思的昆虫，仲夏初生，仲冬消亡，以捕食昆虫为生，雄螳螂在交配后即被雌螳螂吃掉。螳螂的整个生命轮回中，遵循大自然的剧本，反复演绎着阴阳的消长、融合与生灭，所以，明末清初武术家王郎，观螳螂生态而悟出象形取意招式阴狠的“螳螂拳”。

芒种二候“鵙始鸣”。鵙就是百劳鸟，又称博劳鸟，不论是伯劳、百劳还是博劳，看得出它开始叫的时候，一定是农民最辛苦的时候到了，这起名字也是一门学问。南宋文人严粲认为：“五月伯劳始鸣，应一阴之气，至七月犹鸣，则三阴之候，寒将至，故七月闻鵙之鸣，先时感事也。”由此可以看出，古人以阴阳、五行、干支作为表述自然变化的归类方法在当时来看是非常先进而且容易普及的一套科普体系。当我们开始采用现代术语来描述世界的时候，反而对传统的话语系统陌生而难解，这也是教育断层的一个大问题。

芒种三候“反舌无声”。自古以来，文人间对反舌的解释就有分歧，最早

南宋 鲁宗贵《吉祥多子图》 美国波士顿美术馆藏

的解释是以百舌鸟能反其舌故名，后来有文人注疏认为蛙属之舌尖向内故名。其中，陈三谟的观点更合物候之象："百舌鸟能反复其舌，变易其声，随百鸟之鸣而效之，故谓百舌。春二三月间鸣，至五月无声。感阳中而发，感一阴而无声，亦候鸟也。凡物皆禀阴阳之气而成质，其阴类者宜阴时，阳类者宜阳时，得时则兴，背时则废，盖鶪始鸣为得时，反舌无声为背时矣。"

农历五月，象征着多子多福的石榴花开满眼，绿荫芳树蕊珠如火，不仅成为庭院美景，还被古人封为五月花神，又是芒种的节气花木。

石榴，又名安石榴或海榴，在东西方都是非常讨喜的花木，石榴花是北非国家利比亚的国花。石榴原产伊朗、阿富汗等地。在伊拉克出土的一件距今四千余年的皇冠上，就雕刻有精美的石榴图案。据陆巩记载，中国栽培石榴的历史可上溯至汉代，是张骞携带种子，从西域经丝绸之路引种到国内，当时称其为“涂林”。中国石榴的主要品种有玛瑙石榴、粉皮石榴、青皮石榴、玉石子等。现在长江、黄河流域均有栽培，其中安徽怀远县是中国石榴之乡，“怀远石榴”为国家地理标志保护产品。石榴花则是山东省枣庄市，湖北省十堰市、黄石市，河南省新乡市，陕西省西安市以及安徽省合肥市的市花之一。石榴花盛开于五月，结实于中秋、国庆期间。结实后多有开裂，露出晶莹如宝石般的籽粒，古书中形容石榴籽“艳若丹砂，流汁若醴”，中国传统文化视石榴为吉祥物，视它为多子多福的象征。西晋时，石榴赋大兴，潘岳《安石榴赋》道：“榴者，天下之奇树，九州之名果。”

从中医药的角度说，石榴全身都是宝。其性味甘、酸涩、温，具有杀虫、收敛、涩肠、止痢等功效。石榴花有止鼻衄、吐血及外伤出血的作用，亦可治白带过多，外用则可治中耳炎。石榴果实营养丰富，维生素 C 含量比苹果、梨要高出一两倍，能缓解女性更年期症状。药用最多的是石榴皮，多炒后应用。石榴的嫩叶能健胃理肠、消食积、助消化，外用可治疗眼疾和皮肤病。石榴插花也是传统文人瓶花所热衷的题材之一。既可在石榴花初绽之时以粗陶瓶插制，也可在石榴结实后取花果同时的大枝条插于大瓶置于厅堂。

关于石榴的东西方典故也有很多，还引申出以石榴命名的石榴石、石榴裙，等等。我们从节气的角度来认识石榴的话，还是一个教育的话题。有一首《和汉宫秋词长咏石榴花》很有意思：“榴花初染火般红，果实涂丹映碧空。自古人夸多子贵，如今徒惹恨无穷。”石榴的象征是多子多福，而芒种节气则应勤于耕种，对子嗣来说，这耕种就是教育的传承。唐韩愈《师说》中道：“师者，所以传道，受业、解惑也。”“传道、受业、解惑”就是做人、做事、做学问。

作者：岳强
花器：绳纹陶瓶
花材：石榴
2022 年小满时节，作者宅在上海时阳台小景

我们现在的教育重在做事和做学问的传授上，把根本的做人之道忽视了。四书之首的《大学》开宗明义：“大学之道，在明明德，在亲民，在止于至善。”这三纲对应到今天的话语而言就是“自省、自律、自觉”，就是做人的底线基石。忽视做人之道的教育实际上就是“缺德”，那最终食此恶果者还是我们自己。

《弟子规》也好，《三字经》也罢，都是从规矩的建立上教育孩子，可我们成人有几人能做得到？与其“授之以鱼”，莫如从根本处入手“授之以渔”。俗语道：“浇花要浇根，教人要教心。”这教心的根本就在《大学》之中。“大学之道，在明明德，在亲民，在止于至善。”就是自省、自律、自觉，这既是做人、做事、做学问的底线基石，也是人格完善的圆满之道。就如这石榴的花果叶根一般，学问事业花繁果硕，到底做人还是根本，没有这完整而系统的传承教化，哪会有多子多福的“绿荫芳树蕊珠如火”呢？

芒种时节，读读或想想前面那首《和汉宫秋词长咏石榴花》，无论是为人父母者还是为人师长者，从“大学之道”入手，用心教好下一代，就不会有“自古人夸多子贵，如今徒惹恨无穷”的悲叹了。

一候鹿角解
二候蜩始鸣
三候半夏生

夏至的节气花木是芍药，与谷雨的节气花木牡丹并称『花中二绝』，并喻之『牡丹为花王，芍药为花相』。它们同属毛茛科，芍药属。传说，芍药和牡丹都不是凡花，是花神为救遭受瘟疫的苍生，盗取仙丹撒下凡间，一些变成木本的牡丹，另一些变成草本的芍药，所以芍药名字里就带着『药』字。

【夏至】

芍药，金带绮丽系浓情

宋·蔡襄

和运使学士芍药篇

密叶阴沉夏景新，朱栏红药自为春。
香余兰芷偏饶艳，画入缣绡未逼真。
已恨芳华难驻景，可堪愁卧动经旬。
三年想爱须留恋，不为江头酒味醇。

每到节气夏至，唐代诗人韦应物的诗作《夏至避暑北池》首联两句“昼晷已云极，宵漏自此长”就成了刷屏的网红，昼长夜短至极，这就是夏至日的表征。

夏至位居夏季六气之中，这一天，太阳直射北回归线，正午时分，生活在北回归线上的人们可以看到在阳光下“立竿不见影”的景观，即使自己站在阳光下，也是身影最短的时刻，因此日昼长夜短至极，在古代很长一段时间里，夏至被称为“日长至”。从气温和体感来说，过了夏至，意味着正式走进酷暑炎夏。

夏至初候“鹿角解”要与冬至二候的“麋角解”结合起来看。麋与鹿在现代的动物学分类中属同一科，但在古人眼中，因麋与鹿的角所生长形状与方向不同，将其分别指代为阳性与阴性两类属性相反的动物。鹿生活在山中，身形较小，角向前，被认为是阳性的动物。而麋生活于水泽之中，身形大，角向后，被认为是阴性动物。这一点，古人观察得非常仔细。夏至为一年阳气盛极，阴气始萌于地下之时，作为阳性动物的鹿，感应到阳衰阴生，鹿角就开始脱落，以减少对自身阳能的消耗。此象预示了喜阴生物开始滋生，而喜阳生物逐渐衰弱。所以，端午节为什么要熏艾？就是为了驱赶那些地下萌生出来的蜈蚣、蚰蜒等毒虫，避免它们入室。

夏至二候“蝉始鸣”。夏蝉又叫“知了”，为喜阴草虫，感阴气升发而鸣。雄蝉可发出三种不同的鸣声：因天气变化而发声，交配前发出的求偶声，被捉住或受惊飞走时的惊叫声。雌蝉不鸣，被称为“哑巴蝉”。古代文人以鸣蝉居高饮露清名远播而对蝉情有独钟，流传下来的咏蝉诗词达数百首之多，其中唐代诗人虞世南的“垂緌饮清露，流响出疏桐。居高声自远，非是藉秋风”与卢仝的“泉溜潜幽咽，琴鸣乍往还。长风翦不断，还在树枝间”传诵千载而不衰。

夏至三候“半夏生”。据中药文献所载，半夏是一种具有燥湿化痰、降逆止呕、消痞散结作用的中草药，因多生于夏至日前后，而得半夏之名。但实际上，现代中药里的半夏是二月始生，五月开花，七八月采摘。所以，中药半夏是否就是夏至三候所指半夏还存疑。

夏至的节气花木是芍药，与谷雨的节气花木牡丹并称“花中二绝”，并喻之“牡丹为花王，芍药为花相”。它们同属毛茛科，芍药属。传说，芍药和牡丹都不是凡花，是花神为救遭受瘟疫的苍生，盗取仙丹撒下凡间，一些变成木本的牡丹，另一些变成草本的芍药，所以芍药名字里就带着“药”字。《神农本草经》将芍药收录在“中品草药”之列，“味苦，平。主邪气腹痛，除血痹，破坚积、寒热、疝瘕，止痛，利小便，益气”。在中药里，芍药还分为赤芍和白芍两味药，开白花者为白芍药，开红花者为赤芍药。白芍药多系家栽，入药须剥皮蒸晒，赤芍药多系野生全根晾干即可。其中白芍的作用主要是补血止痛，赤芍主要的作用是活血化瘀。《本草纲目》中载：“白芍药益脾，能于土中泻木；赤芍药散邪，能行血中之滞。”

夏至阳气旺盛至极，阴气一爻初生，是中医养生理论中重要的节气之一。夏至养生首注重心气平和，多静少动，尤其应避免剧烈运动，以免耗气损阴。此时，一碗芍药花粥是滋阴养脾的佳馔。选白色芍药花在阴凉处晾干后，取六克，

清 孙温 绘 《全本红楼梦图》憨湘云醉眠芍药裀（局部） 旅顺博物馆 藏

配粳米五十克。先将粳米加适量水煮九成熟后放入干芍药花瓣煮熟，盛在碗中时加入白糖。此芍药花粥女性长期饮食尤佳，可养血调经，治肝气不调、胁痛烦躁、经期腹痛等症。

古人形容美女有“立如芍药，坐如牡丹”之说，以芍药为花材插花，亦用瓶身修长的花瓶。《红楼梦》中的“史湘云醉眠芍药茵”被称为小说中最美的篇章。古时男女交往，流行以芍药花相赠，表结情之约或惜别之情，所以，又有民俗将芍药作为七夕情人节的代表花木。现在，市井中芍药花似已不是太常见，这是否也与人情日渐淡漠的时风有关？

作者：严舒雯
花器：蓝玻璃盘口天球瓶
花材：荷兰芍药、枫叶、玉簪叶

一候温风至

二候蟋蟀居宇

三候鹰始鸷

古人认为，『荷』得和风而生，暖风而成。新株出水，含苞欲放者为『菡萏』，花开名『荷花』，根茎入水底泥中成藕，名莲藕。莲藕中通外直，出淤泥而不染，显清虚洁净之身。世间花卉皆先开花后结果，而荷则在开花之时，结实的莲蓬已具。汉传佛教天台宗就是以『经中之王』『成佛的法华』著称的《妙法莲华经》而立宗，以花果同时的莲花为喻，宣讲了『惟有一乘法』的『会三归一』思想。

【小暑】

莲花，不染不妖夏日荷

宋·董嗣杲

白莲花

素质盈盈绿盖张，肯同媚眼醉斜阳。
俨然玉井风姿异，无此冰壶月色香。
天地一空谁染着，水云十里自清凉。
东林结社流芳处，还有池亭傍上方。

“出梅，入伏”是小暑节气的典型特征，直白一点说，就是酷热将至。那为什么不叫“小热、大热”正好与“小寒、大寒”相对呢？这个“暑”字用得妙。《说文解字》中释“暑之义主谓湿。热之义主谓燥”。这说明暑热实为“湿热”，而不仅仅是简单的一个“热”字所能概括的。

小暑初候“温风至”，此时风中带着温热，不再是凉风习习，大地所蓄的热能渐渐散发出来，上蒸下煮的暑热渐渐升起。初候所指的“温风”，就是现象层面的热风，非《吕氏春秋》《淮南子》《说文解字》所载的八种季候风。

小暑二候“蟋蟀居宇”，其出处为《诗经·七月》篇中关于蟋蟀活动的“七月在野，八月在宇，九月在户，十月蟋蟀入我床下”。诗中的八月是当时的历法所纪，大约相近于夏历六月。蟋蟀属于秋虫，又名促织，古人认为其禀受阴气而化生。《促织经》中写道，促织“禀受肃杀之气，化为促织之虫。白露渐旺，寒露渐绝”。“宇”在《说文解字》中释为屋檐下，“蟋蟀居宇”实为伏于檐下伺机而动。

小暑三候的“鹰始鸷”，为雏鹰由老鹰教化，飞出鸟巢，开始习练飞行猎食的本领。

俗谚道：“夏炼三伏，冬炼三九。”小暑三候将夏练三伏何时练、练什么形象地描述了出来。自温风至开始练心之所伏，这就是“蟋蟀居宇”之意，再用一个成语来说就是“潜龙勿用”。“鹰始鸷”则为秋令到来的肃杀猎食做功夫的历练，此皆以“天时地利”为势，方能顺势达成圆满的结果。

在黑龙江省伊春市嘉荫县发现的我国迄今最早的“莲”(Nelumbo)化石，距今约八千三百至八千六百万年，被命名为“嘉荫莲”(Nelumbo jiayinensis)新种，国际学术期刊《白垩纪研究》杂志2018年第84期报道了这一学术成果。

“接天莲叶无穷碧，映日荷花别样红。”小暑，恰是赏荷的时节，所以，小暑的节气花木正是荷花。

荷花是睡莲科莲属的多年生水生植物。其别名很多，最常见的是莲花、芙蕖、芬陀利花、菡萏等。《本草纲目》中称荷为水华，《群芳谱》中称其为水芙蓉。荷花还被民间封为农历六月的花神。

据古植物学家研究化石证实，一亿三千五百万年前，在北半球的许多水域都有莲属植物分布。中国最早的诗歌总集《诗经·陈风·泽陂》中就以香蒲与荷花起兴曰：“彼泽之陂，有蒲与荷。有美一人，伤如之何？寤寐无为，涕泗滂沱。”宋儒周敦颐在其《爱莲说》中喻“菊，花之隐逸者也；牡丹，花之富贵者也；莲，花之君子者也”。“予独爱莲之出淤泥而不染，濯清涟而不妖，中通外直，不蔓不枝，香远益清，亭亭净植，可远观而不可亵玩焉。”

周敦颐先生为何将莲花喻为花之君子呢？我们还是从《大学》中寻找答案吧。“所谓修身在正其心者，身有所忿懥，则不得其正。有所恐惧，则不得其正。有所好乐，则不得其正，有所忧患，则不得其正。”这不染不妖之荷不是恰和《大学》所倡修身之道吗？

古人认为，“荷”得和风而生，暖风而成。新株出水，含苞欲放者为“菡萏”，花开名“荷花”，根茎入水底泥中成藕，名莲藕。莲藕中通外直，出淤泥而不染，显清虚洁净之身。世间花卉皆先开花后结果，而荷则在开花之时，结实的莲蓬已具。汉传佛教天台宗就是以“经中之王”“成佛的法华”著称的

《妙法莲华经》而立宗，以花果同时的莲花为喻，宣讲了“唯有一乘法”的“会三归一”思想。所以，荷花、莲华皆是佛前供花中不可或缺的花材。佛前供花的花器一般为铜瓶或瓷瓶。花材应选择无毒无害，无蒺藜、花刺、黏液，无刺激性气味，花形雅致的鲜花。佛经中所提及的花卉有曼陀罗花、莲花、山玉兰、优昙花、曼珠沙华（龙爪花）、文殊兰等。佛前供花要注意及时清理枯萎的花，保持花的清洁新鲜；不要供假花、干花、朽木、枯萎的花。

小暑后第一个庚日起，就算正式入伏了。我认为，以《吕氏春秋》十二纪的观点，四季各有所主，以春为喜气而言生，夏为乐气而言养，秋为怒气而言杀，冬为哀气而言死。其中，夏为乐气，归于心，琴可调之，莲藕可养之。从中医五行而言，夏属火，火之气通于心，人的心神易受扰动，而烦躁不安、心神不宁。莲藕性寒，有润燥止渴、清心安神、凉血散瘀之功效。藕又分七孔和九孔，七孔藕又称红花藕，生藕吃起来味道苦涩；九孔藕又称白花藕，生藕吃起来脆嫩香甜。据说多吃藕可以使人多长“心眼”而更加聪明。节气民间食俗中，小暑吃藕就是一个暗合养心道妙的美食。

莲子也是一道夏日养心美食。《本草纲目》载：“莲之味甘，气温而性涩，禀清芳之气，得稼穑之味，乃脾之果也。土为元气之母，母气既和，津液相成，神乃自生，久视耐老，以其权舆也。昔人治心肾不交，劳伤白浊，有清心莲子饮；补心肾，益精血，有瑞莲丸，皆得此理。”由此可以看出，中国传统的医学也好，哲学也罢，修齐治平皆基于天人合一、知行合一之道而来，从这个角度来看《道德经》，道为知，德为行，其实也是一部知行之经。这一点《大学》首段就从“三纲、七证、八目”入手进行了概括总结。可惜的是，我们的教育体系始终未能真正重视《大学》的传承教化。

梅雨结束，酷暑炎炎将至，每天给家人炖一碗银耳莲子羹伴读《大学》与《道德经》，既养心又浓情，何乐而不为呢?

明 沈周《瓶荷图》

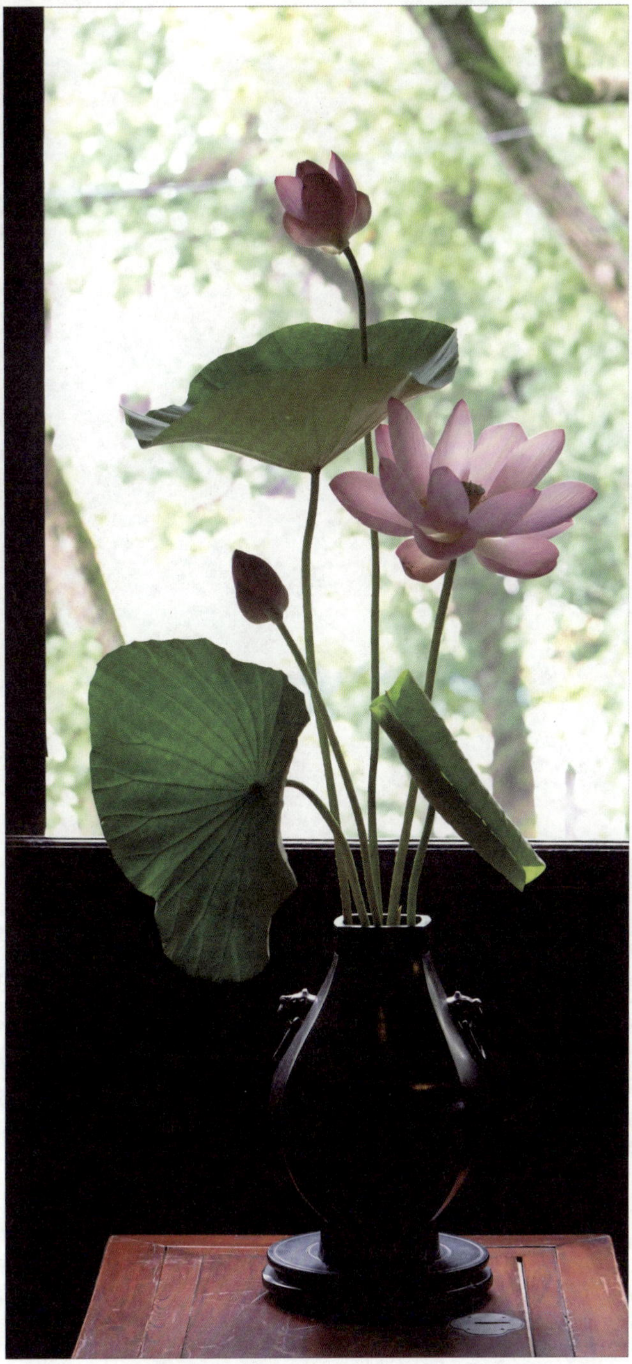

作者：严舒雯
仿明代沈周《瓶荷图》
花器：兽耳衔环铜方尊
花材：荷花

一候腐草为萤
二候土润溽暑
三候大雨时行

茉莉是木樨科素馨属的直立或攀缘灌木，茉莉花素洁清雅，其花语象征着忠贞、清纯与质朴，许多国家将其作为爱情之花。茉莉全株皆可入药。宋代诗人姜白石咏《茉莉》道：『灵种传闻出越裳，何人提挈上蛮航？他年我若修花史，列作人间第一香。』

【大暑】

茉莉，素洁清香消暑湿

宋·王右丞

茉莉花

敧烟裛露暗香浓，曾记瑶台月下逢。
万里春回人寂寞，玉颜知复为谁容。
香严童子沈薰鼻，姑射仙人雪作肤。
谁向天涯收落蕊，发君颜色四时朱。

茉莉 周勇 绘

节气大暑是夏季六气的最后一气（季夏中气），也是一年中最热的时候，即“最热三伏天”的中伏前后，“一半是海水一半是火焰”般上蒸下煮的日子。五行之金气伏藏之时，此时的“伏”对人而言，就是要用隐蔽伏居的方法来避酷暑炎热。

大暑正是夏练时。正如戴复古《大热》中那句“天地一大窑，阳炭烹六月”。民间气象谚语说：“大暑无酷热，五谷多不结。”对修炼养生的人来说，大暑也正可借用天地大窑似镬，赤日阳焰如炭，煮熟那混元一气来颐养这灵与肉。大暑三候则从“明光”“镬煮”“淬金成器”这三个物候象征来隐喻了一年修炼时机中最重要的三个阶段，即火炼真金的过程。

大暑初候“腐草为萤”的“萤”是萤火虫。现在看到很多解释认为，古人缺乏生物科学的常识，凭观察和想象以为萤火虫是在这个时段由腐草所生，这真是对古人千余年观察经验的污蔑和轻薄。这里的“为”其实是“孵化”的意思，是产生的条件。就是说，大暑初候时，萤火虫从腐草里孵化出来了。如果是写的“腐草化萤”，那才是说萤火虫是腐草化生出来的，一字之差，天壤之别。腐草为阴木，萤火为明光，此处为“阴中生阳”之喻。

大暑二候“土润溽暑”，此处的土，既是大地之土，也是体内之中宫脾土。最容易理解的方法就是将这四个字倒过来念“暑溽润土”。中医常言“冬病夏治”，仅仅从身体角度说，三伏养好，一年少病。脾土与耕作的田地一样，潮润但不能过湿，过湿或过燥皆创造了生病的条件，生命之树岂能壮大？所以，古人积累了很多三伏养生宜忌不可不信。

大暑三候“大雨时行”，相当于利器成器前的淬火。大暑后一个节气就是立秋，秋收的时节快到了，大雨淬火迎秋收，也就是收获时节将至。

“好一朵美丽的茉莉花，好一朵美丽的茉莉花，芬芳美丽满枝桠，又香又白人人夸……”大暑时节茉莉花开，在地铁站出口时常可见卖茉莉花的老太太，耳畔仿若能够听到那首传唱到海外的《茉莉花》。

《闲情偶寄》的作者李渔说：“茉莉是为了女子开放的。”这话颇有深意。大暑时节，阴气渐长，所以，茉莉这样的花木在夜晚阴气盛时绽放，其花也素雅，其香也清凉，也许这就是大暑应季花木选择茉莉的缘由吧。

茉莉是木樨科素馨属的直立或攀缘灌木，茉莉花素洁清雅，其花语象征着忠贞、清纯与质朴，许多国家将其作为爱情之花。茉莉全株皆可入药。茉莉根味苦性温，有毒，有麻醉、止痛之药效。茉莉叶性辛凉，是清热解表之药。茉莉花味辛甘，性温，有理气开郁、辟秽和中的功效，还是著名的花茶原料及重要的香精原料。宋代诗人姜白石咏《茉莉》道：“灵种传闻出越裳，何人提挈上蛮航？他年我若修花史，列作人间第一香。”曾端伯以茉莉为雅友，张敏叔以茉莉为远客。《三柳轩杂识》中则称“茉莉为狎客”。宣和年间，宋徽宗建艮岳时选定了八种芳草，分别是“金蛾、玉蝉、虎耳、凤毛、素馨、渠那、茉莉、含笑”，史称“艮岳八芳”，茉莉居其一。

西晋《南方草木状》中，将茉莉与素馨并称，这两种花同属木樨科，外形也相似，堪称姐妹花，只是茉莉花大一点，素馨花小一些；茉莉花瓣与叶子较圆，而素馨则略尖一点。南宋赵希鹄著《洞天清录》道：“弹琴对花，惟岩桂、江

宋 赵佶 《听琴图》 故宫博物院藏

宋 赵佶 《听琴图》局部细节 故宫博物院藏

梅、茉莉、荼蘼、薝卜等，香清而色不艳者方妙，若妖红艳紫，非所宜也。”这里涉及弹古琴时宜插的瓶花。琴桌插花瓶不宜高，花不宜繁，色不宜艳，香不宜浓，形不宜散漫，最宜仿照水墨画中的折枝花卉简约一枝插于素瓶中。宋徽宗的《听琴图》中，琴桌前方的文石上置铜鼎，鼎中插花则似茉莉之类的花卉。以铜器插花，在赵希鹄的《洞天清录·古钟鼎彝器辨》写道：“古铜器入土年久，受土气深，以之养花，花色鲜明。如枝头开速而谢迟，或谢则就瓶结实。”这大概是自宋代开始流行的风尚。

作者：严舒雯
仿《听琴图》中瓶花
花器：铜竹节纹鬲式炉
花材：茉莉花

大自然中的花木作物皆是应时顺势而生，这是大自然的能量消长使然。人观花木能勘破此理并投射于人事社会之中，这是智慧的表现。《吕氏春秋·季夏纪·明理》篇中载：“凡生非一气之化也，长非一物之任也，成非一形之功也。故众正之所积，其福无不及也；众邪之所积，其祸无不逮也。其风雨则不适，其甘雨则不降，其霜雪则不时，寒暑则不当，阴阳失次，四时易节，人民淫烁不固，禽兽胎消不殖，草木庳小不滋，五谷萎败不成。”所以，“失人之纪，心若禽兽，长邪苟利，不知义理”。当年，释迦拈花，迦叶微笑，佛法的般若智慧在拈花一笑间传承下去。道家《阴符经》开篇：“观天之道，执天之行，尽矣。”亦是一语道破天机，天地之妙密皆显现于草木树石的无言演化中，唯用心观察与聆听者得之。

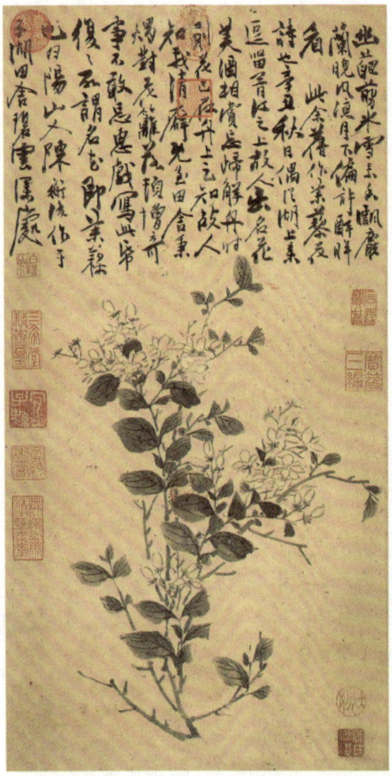

明 陈淳《茉莉图轴》台北故宫博物院藏

大暑节气正值“三伏天”里的“中伏”期间，这当是一年中最热之时。农谚云：“大暑无酷热，五谷多不结。”今年大暑似秋凉，反季的时风其实对人与动植物的生长未必是好事，要当心暑湿感冒和脾胃疾患。

从节气对身心的影响而言，长夏暑湿最伤脾阳，而茉莉花茶理气开郁、辟秽和中的功效能帮助脾胃运化，对腹泻腹痛有很好的辅疗作用，还可以舒缓情绪、安定心神，但前提是需要真正按传统工艺将绿茶和茉莉鲜花进行拼和、窨制后，使绿茶之香与茉莉花香浑然一体的传统茉莉花茶，而非化学香精茶。

有茉莉花和茉莉花茶相伴的大暑，即使有点汗臭与湿气，也会被花香冲淡，这可真是天赐妙缘绝配的应季之花。

夏令花序总表

节气	花木	物候	
立夏 阳历5月4日—6日	蔷薇 百合 郁金香	一候	蝼蝈鸣
		二候	蚯蚓出
		三候	王瓜生
小满 阳历5月20日—22日 巳月中气	杜鹃 绣球 木香	一候	苦菜秀
		二候	靡草死
		三候	麦秋至
芒种 阳历6月4日—6日	石榴 金丝桃 夹竹桃	一候	螳螂生
		二候	鵙始鸣
		三候	反舌无声
夏至 阳历6月20日—22日 午月中气	芍药 栀子 美人蕉	一候	鹿角解
		二候	蜩始鸣
		三候	半夏生
小暑 阳历7月6日—8日	莲花 玉簪 合欢	一候	温风至
		二候	蟋蟀居宇
		三候	鹰始鸷
大暑 阳历7月21日—23日 未月中气	茉莉 女贞 蜀葵	一候	腐草为萤
		二候	土润溽暑
		三候	大雨时行

一候凉风至
二候白露降
三候寒蝉鸣
秋来要知感恩。凌霄花作为立秋的节气花木，其花语
恰寓意慈母之爱。凌霄花经常与冬青、樱草放在一起，
结成花束赠送给母亲，以表达对母亲的热爱之情，这
正与节气卦象相应。
李勤 摄

【立秋】

凌霄，攀缘藤萝知感恩

宋·范成大

寿栎堂前小山峰凌霄花盛开，葱蒨如画，因名之曰凌霄峰

其一

天风摇曳宝花垂，花下仙人住翠微。
一夜新枝香焙暖，旋薰金缕绿罗衣。

其二

山容花意各翔空，题作凌霄第一峰。
门外轮蹄尘扑地，呼来借与一枝筇。

伏热尚未散尽，节气立秋已至。相信很多人会觉得现在节气不准了，实际上，节气从未改变，时风却时时在变。节气是古人对地日运行轨迹对应物候变化的见微知著观察所得，这种宏观物候正如老子《道德经》所言“大象无形”，像我们日常赖以生存的空气一般“日用而不知”。

所谓节气立秋，是以天地气机的升降开合中的物候变化节点与空间定位来确定的。所以，《淮南子》形象地描述“秋为矩，矩者，所以方万物也”。《太元经》曰：“秋者，物皆成象而聚也。”汉代易学家京房的八卦卦气说认为：“乾主立冬，当十月；坤主立秋，当七月。”从卦象讲，乾为天，坤为地；乾为父，坤为母。那坤卦的卦德是什么呢？即“厚德载物”。

立秋是秋令之始，既是收获时节，也是收敛时节。《管子·形势解》中写道：“春者，阳气始上，故万物生。夏者，阳气毕上，故万物长。秋者，阴气始下，故万物收。冬者，阴气毕下，故万物藏。故春夏生长，秋冬收藏，四时之节也。”

立秋初候“凉风至”中的凉风是针对小暑节气的“温风至”而言。打个比方说，就像用笼屉蒸煮食物，经过大暑节气的蒸煮后，近熟之时熄火降温，这个阶段就像立秋。此时的凉风，仅为温变之初，是略带清凉之气的清风而已。

立秋二候“白露降”是以物象来表述阴阳二气的微细变化。整个节气系统中，二至二分的“冬至、夏至、春分、秋分”就是阴阳二气从至极到至中的节点，

清 张伟《写生花卉册》凌霄 台北故宫博物院 藏

立秋二候“白露降”是指阴气肃降，晨昏温差增大后，凝结的水汽似白雾之微露一般。在传统的气象观察表述中认为，阴气盛则凝为霜雪，阳气盛则散为雨露。立秋的微露曰白，是依自然五行气机转换的秋金之色来形容的，五行之中金色白，肃降，所以“白露降”正应立秋物候之象。

立秋三候“寒蝉鸣”与夏至二候“蝉始鸣”相呼应。寒蝉与夏蝉不同，身形略小，感应阴气肃降凉风渐至而开始鸣叫，其鸣声悲戚，常被文人当作为悲秋的物象。宋代词人柳永的《雨霖铃·寒蝉凄切》写道：“寒蝉凄切，对长亭晚，骤雨初歇。都门帐饮无绪，留恋处，兰舟催发。执手相看泪眼，竟无语凝噎。念去去，千里烟波，暮霭沉沉楚天阔。”起首就用了“寒蝉凄切”，非常有季节的代入感，细腻而具象地描绘出与情人离别当下的时空场景，成为文学史上抒写离别之情的千古名篇，寒蝉鸣的悲秋意象，自此贯穿“孟、仲、季”三秋。

凌霄花作为立秋的节气花木，其花语恰寓意慈母之爱。凌霄花经常与冬青、樱草放在一起，结成花束赠送给母亲，以表达对母亲的热爱之情，这正与节气卦象相应。秋来要知感恩，自汉朝起，朝廷将立春后第五个戊日为春社，立秋后第五个戊日为秋社。春社祈祷农稼风调雨顺，秋社感恩天赐良田丰收。这立秋之花凌霄花也恰恰是感恩报恩之花。

凌霄花是紫葳科凌霄属攀援藤本植物，分布于中国中部，性喜温暖湿润、有阳光的环境，借气生根攀缘他物向上生长，花鲜红色，花冠呈漏斗形，结蒴果，可入药，有行血去瘀、凉血祛风的功效。《诗经·苕之华》中的“苕”，就是凌霄花。

明代王世懋《花疏·凌霄》载：“凌霄花，缠奇石老树，作花可观。大都与春时紫藤，皆园林中不可少者。”不过凌霄花自古也是被文人褒贬不一的花木。唐人白居易的《咏凌霄花》讽刺道：“有木名凌霄，擢秀非孤标。偶依一株树，遂抽百尺条。托根附树身，开花寄树梢。自谓得其势，无因有动摇。一旦树摧倒，独立暂飘飖。疾风从东起，吹折不终朝。朝为拂云花，暮为委地樵。寄言立身者，勿学柔弱苗。”现代诗人舒婷的《致橡树》起首就写道：“我如果爱你——绝不像攀援（注：原诗如此）的凌霄花，借你的高枝炫耀自己。”诗中凌霄花成了攀附高枝的代名词。而宋人贾昌朝的《咏凌霄花》则将凌霄花喻为志存高远之花，其诗写道：“披云似有凌霄志，向日宁无捧日心。珍重青松好依托，直从平地起千寻。”唐人欧阳炯则以一句“满对微风吹细叶，一条龙甲入清虚”将凌霄花喻为入云之龙，更具气势。所以，清代戏剧家李渔道：“藤花之可敬者，莫若凌霄，望之如天际真人，卒急不能招致。”可见，同赏凌霄花，亦是见仁见智，更何况观人睹事呢？

我们若从汉字字形去体悟其意，“人”字不就是如凌霄花与所攀缘之木一般互相支撑、互相依赖的生命吗？相互捧场而不是拆台，相互感恩而不是敌对，这个“人”字才立得住，明此理不就是坤德吗？《大学》三纲之“明明德”大概也有此意吧？那“亲民”亦可看作互相帮助，这一撇一捺的“人”书写规矩，则近于“至善”矣，此亦是书道心法“字如其人”的道理。如此，凌霄花虽不言语，何尝不是在“行不言之教”呢？

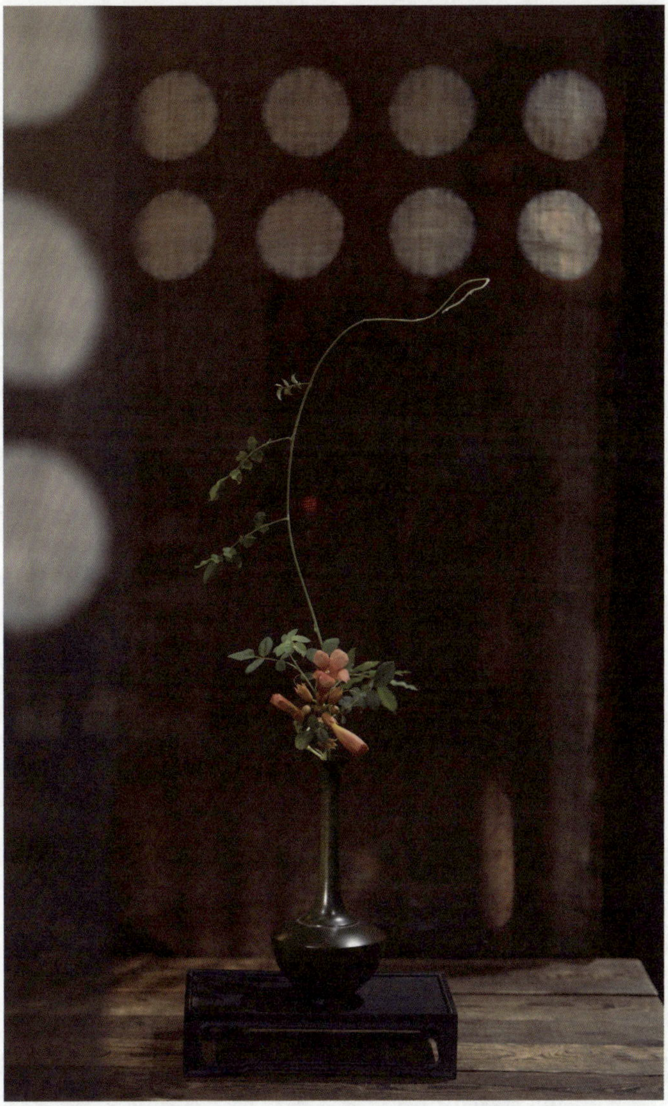

作者：严舒雯
花器：高冈细颈铜瓶
花材：凌霄花

若从心理学角度讲，“言为心声”。你的观点，就是你心灵的一面镜子。如同宋代文豪苏东坡与佛印禅师的一则公案：传说某日，东坡居士与佛印禅师对坐。东坡居士问禅师道：“师父看我坐姿如何？”佛印赞叹道：“像一尊佛。”东坡居士甚是高兴。佛印禅师接着也问东坡居士：“那你看我呢？”东坡居士戏言：“像一坨屎。”后被明眼人点破道：“佛印禅师心中有佛，所见皆是佛；东坡先生心中全装了屎，所见皆是狗屎也。”

至此，在立秋时节，当我们观赏凌霄花时，当是用感恩报恩之心，还是讥讽攀附之心呢？

一候鹰乃祭鸟

二候天地始肃

三候禾乃登

明代文人王世懋的《学圃余疏》记载：『紫薇有四种，红、淡红、紫、白，紫却是正色。』清人汪灏编著的《广群芳谱》中描述紫薇道：『一枝数颖，一颖数花，每微风至，夭娇颤动，舞燕惊鸿，未足为喻。唐时多植此花，取其耐久，且烂漫可爱也。』清代文人李渔在《闲情偶寄》中感慨道：『人谓禽兽有知，草木无知，予曰：不然。』『何以知之？知之于紫薇树之怕痒，知痒则知痛……但观此树怕痒，既知无草无木不知痛痒，但紫薇能动，他树不能动耳。』『由是观之，草木之受诛锄，犹禽兽之被宰杀，其苦其痛，俱有不忍言者。』

【处暑】

紫薇，知痛知痒百日红

宋·李流谦

紫薇花

庭前紫薇初作花，容华婉婉明朝霞。
何人得闲不耐事，听取蜂蝶来喧哗。
丝纶阁下文书静，能与微郎破孤闷。
一般草木有穷通，冷笑黄花伴陶令。

如果我们对汉字的识读不局限于现代汉语的层面，那么，仅从节气命名上，也能对节气性相领悟个八九分。就像今天“处暑”节气的“处（處）”字，在《说文解字》中释义即：“止也，得几而止，从几从夂。”“处”的繁体是会意字，所以在《说文解字》中释为“得几而止”。那节气处暑是得了什么而止住了暑气呢？我们从处暑三候里去寻找答案吧。

节气处暑的初候是“鹰乃祭鸟”，具体描绘了一个图景，老鹰捕食后要先祭拜猎物才会食用。现代人联想的解释是，可能是老鹰把猎物排列在那里教雏鹰捕食吧？如果我们联系雨水初候“獭祭鱼”来看，其实，动物对自然的敬畏和对食物的感恩是自然生发的一种举动，与原始先民的春秋二祭同理，就如《礼记·祭义第廿四》中所言：“是故君子合诸天道，春禘秋尝。”孔颖达疏《礼记正义》中道：“禘者，阳之盛也；尝者，阴之盛也。阴阳气盛，孝子感而思念其亲，故君子制礼，合于天道。”此言即指出了处暑后秋祭的物候条件：阴气盛，暑气于此处而止。由此也可以看出，中国传统文化的系统结构是人和自然互相关联、互相观照、互相印证，并与自然物候生命规律相吻合的全息生态文化。所以，学习传统文化不能局限在书桌上、文字中，要“读万卷书，行万

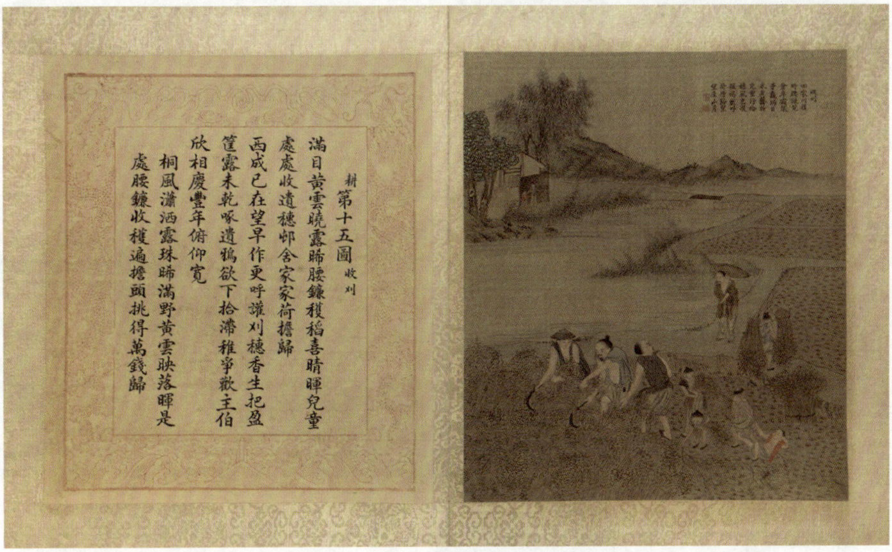

清 焦秉贞《御制耕织图册》耕十五 故宫博物院 藏

里路”，去将所知与所行互相印证，才能有真正的收获。当下很流行“认知”一词，其实，一门学问入心，仅凭认知是不够的，还需要有“体会”才行。

处暑二候是“天地始肃”。秋令属金，五行德行为义，《孟子·告子上》曰：“恻隐之心，仁也；羞恶之心，义也；恭敬之心，礼也；是非之心，智也。”金气肃杀，所感为羞恶之心，其实用“金气整肃”比“肃杀”更准确一些。所以，这个时节是整肃风纪的好时机，不妨自我约束一下，反躬自省，谨言慎行，合于道则为之，悖于道则知止。这个“道”并非宗教信仰所言之“道”，而是自然与社会的秩序之“道”。

处暑末候“禾乃登”中的“禾”为五谷之总名。稻、黍、稷、麦、菽等五谷在处暑节气后就可收成，此时，就到了秋祭时节。《礼记·祭统廿五》中，对禘尝二祭又写道：“禘、尝之义大矣，治国之本也，不可不知也。”秋尝之祭，对应性德为义。《礼记·祭统廿五》更进一步释曰：“夫义者，所以济志也，诸德之发也。是故其德盛者其志厚，其志厚者其义章，其义章者其祭也敬。祭敬，则境内之子孙莫敢不敬矣。”由此可以看出，古人的祭祀，其实是一种淳化民风、敦厚人心、上行下效的教化手段。

作者: 严舒雯
花器: 钧瓷花觚、食盒、果篮
花材: 紫薇花、蔷薇花、竹叶、叶兰、佛手、葡萄、荷叶、如意

在二十四节气中，节气花木分为十二节之花与十二中气之花。简单而言，月初为节，月中为气。紫薇之所以为处暑之花，与其药用性味之气有关。

紫薇是千屈菜科紫薇属落叶灌木或小乔木，成株可高达七米，开花时正当夏秋少花季节。古人认为紫薇以花色紫者正宗，故名紫薇。明代文人王世懋的《学圃余疏》记载："紫薇有四种，红、淡红、紫、白，紫却是正色。"清人汪灏编著的《广群芳谱》中描述紫薇道："一枝数颖，一颖数花，每微风至，夭娇颤动，舞燕惊鸿，未足为喻。唐时多植此花，取其耐久，且烂漫可爱也。"

紫薇的花期在 6-9 月，自夏至秋，长达百日，又名百日红。根、皮、叶、花皆可入药，有清热解毒、利湿祛风、散瘀止血之功效。紫薇的树皮、叶及花为强泻剂，根和树皮煎剂可治咯血、吐血、便血。

细心的读者或许会发现，北京崇文门公园里二十四节气柱头上的节气花木中，紫薇是立秋的应节花木，而凌霄则是处暑的中气花木，为什么我要把二者的顺序调换过来呢？这其实与花木的禀性和药用价值有关系。如郑道兴《紫芝堂记》中云："盖古之君子托物喻意，比类兴思，则有若椿若萱，名堂以祝亲矣；若桂若兰，名堂以祷后矣。居则采黄菊以怡心，出则坐紫薇以敷政。江蓠山芷，池莲窗草，可佩可悦，皆可名堂。"古人对一草一木托物喻意，比类兴思，颇用心思。像立秋日之秋社祭祀为感恩报恩，与凌霄花德相应；处暑后风燥渐盛，紫薇花正是利湿祛风之药，恰疗处暑气疾，从物候药用与寓意内涵而言，两者如此调整更为相应。

紫薇花还有一个别名，叫痒痒花或者痒痒树。清代文人李渔在《闲情偶寄》中感慨道："人谓禽兽有知，草木无知，予曰：不然。""何以知之？知之于紫薇树之怕痒，知痒则知痛……但观此树怕痒，既知无草无木不知痛痒，但紫薇能动，他树不能动耳。""由是观之，草木之受诛锄，犹禽兽之被宰杀，其苦其痛，俱有不忍言者。"李渔以他细腻的观察，用一句"知痒知痛"点破了人与自然万物、人与人的和谐相处之道——"己所不欲，勿施于人"。所以，李渔在文末说：“人能以待紫薇者待一切草木，待一切草木者待禽兽与人，则斩伐不敢妄施，而有疾痛相关之义矣。”以紫薇入瓶插花时，可借其意，用其色，以不同的色彩搭配相应的配花，组合出插花者的心思与用意，以待知音解码花语。

虽然秋为杀伐之季，《吕氏春秋·孟秋纪》亦写道：“绝狱讼，必正平；戮有罪，严断刑。天地始肃，不可以赢。”但“斩伐不妄施”不也是天地自然借紫薇这样的节气花木给我们无声的提示吗？当我们一念嗔心暴起之时，不妨问下自己“怕痒怕痛怕死”吗？相信谁都不愿意做禽兽不如、草木不如的人吧？

在西方，紫薇花的花语是“好运”，人做到了“己所不欲，勿施于人”，自然会“善有善报”。从小处着眼，不闯红灯、不插队、不贪小便宜；从大处入手，护生而不杀生，爱护我们生存的自然环境与生态；从自心做起，管理好自己的脾气，不发火，不迁怒于人，凡是以和为贵，这都是善。

所以，处暑紫薇的花语还可以加一条：戒嗔。

紫薇　周勇 绘

一候鸿雁来
二候元鸟归
三候群鸟养羞

桂花作为中国传统十大花卉之一，在古代是荣华富贵、子孙昌盛的象征，在传统庭院布置中就有『两桂当庭』『双桂留芳』的格局，也常把玉兰、海棠、牡丹、桂花同植庭前，取玉、堂、富、贵之谐音，喻吉祥之意。此外，桂花还象征着友好和吉祥。在盛产桂花的少数民族地区，青年男女也常以赠送桂花来表示爱慕之情。

【白露】

木樨，丹桂熏得露华香

宋·王遂

木樨答二吴书

过尽人间百草芳，尚留寒菊对风光。
月华已下中天白，香树初摇满院凉。
金粟远看千尽影，犀皮近种百年香。
圣朝二桂真双玉，王谢犹当着紫囊。

清晨，漫步江边古镇旧巷中，墙角植物叶表凝结露珠时，节气白露就到了。

在四季轮回中，按照中国传统五行生克原理，春属木，其色青；夏属火，色红；长夏属土，色黄；秋属金，色白；冬属水，色玄（黑）。所谓白露，即是秋露。节气白露一过，暑热褪尽，晨昏就会感到丝丝凉意，此时起，就不要再赤膊了。

今天白露，仲秋之节，对应人事来说，象征人到中年发端露白，该收收心、顾顾家，不要在外面惹是生非了。

白露三候皆以鸟为喻，鸟对应四象为朱雀，五行属火，火可克金，而秋属金，其色白，至白露节气时，阴气渐重，露凝而白，若遇阳盛则散。所以，若能管住自己的心，金秋时节可安稳度过。

白露初候“鸿雁来”。古人将鸿与雁分为两种鸟类，鸿大雁小，鸿羽毛光泽纯白，似鹤而大，长颈；雁的形状略像鹅，颈和翼较长，足和尾较短，羽毛淡紫褐色，善于游泳和飞行。鸿雁皆为知时之鸟，热归塞北，寒来江南，而其居在大漠，南北皆非其乡，只顺应时风，择良乡而居。

白露二候“元鸟归”。“元”“通”“玄”，为黑色，五行属水，五季为冬，五方为西，象征归宿之意。元鸟就是玄鸟，即燕子。古人认为燕子属于南方之鸟，此时自北而南还，为回家之象，所以称为归。

白露三候“群鸟养羞”。“羞”即珍馐美味之馐。古时量词称三人以上为“众”，三兽以上为“群”。群鸟养羞的意思就是，所有鸟类都开始储备食物，

作者：李勤
花器：铜花觚
花材：木樨

以备过冬时食用。

这三候所喻之妙，若对应人事，从天时上讲有八月十五的中秋团圆节，中秋节到来时，无论人在天南地北，都要归家团聚，这一风俗与节气物候的征象恰好吻合，所以，真不能轻视民俗背后的自然规律。中秋节一家人的团聚无论是对家族、对个人都是非常好的正能量滋养，不要轻易错过了这一年一度的团圆节。

白露的应节花木是桂花，系木樨科常绿灌木或小乔木，木质坚硬细密，生长缓慢，寿命可达五千年左右，号称植物中的活化石。因其叶脉如“圭”形，故名为“桂”，别名金粟、木樨、月桂、丹桂、岩桂等。桂花树一年四季常青，花期多集中在农历八九月间，所以，农历八月又称桂月，桂花还被封为八月花神。

桂花花香浓郁，飘香甚远，民间也称桂花为七里香、九里香。宋代诗人杨万里在《凝露堂木樨》诗中道：“雪花四出剪鹅黄，金粟千麸糁露囊。看来看去能几大，如何着得许多香？”《吕氏春秋》中称桂花“物之美者，招摇之桂”则是引用了《山海经·南山经》之典故“招摇之山多桂”来赞美招摇山上的桂花树是世上最美之物。宋代张敏叔所撰“名花十二客”中，将桂花封为“仙客”，而曾端伯的“名花十友”则封岩桂为“仙友”。

桂花作为中国传统十大花卉之一，在古代是荣华富贵、子孙昌盛的象征，在传统庭院布置中就有“两桂当庭”“双桂留芳”的格局，也常把玉兰、海棠、牡丹、桂花同植于院内庭前，取玉、堂、富、贵之谐音，喻吉祥之意。此外，桂花还象征着友好和吉祥。在盛产桂花的少数民族地区，青年男女也常以赠送桂花来表示爱慕之情。桂花入瓶插花，须择花香浓郁的金桂或者丹桂，花器可依照环境所需而选择，铜瓶宜插大枝显贵气，瓷瓶宜用素色或青花，修剪枝条叶少花繁，清香雅致。也可以选择琉璃料器花瓶，保留枝叶原始风姿，如花在野，通透灵动。

白露过后，冷空气转守为攻，气温迅速下降，从现代医学角度看，秋日气

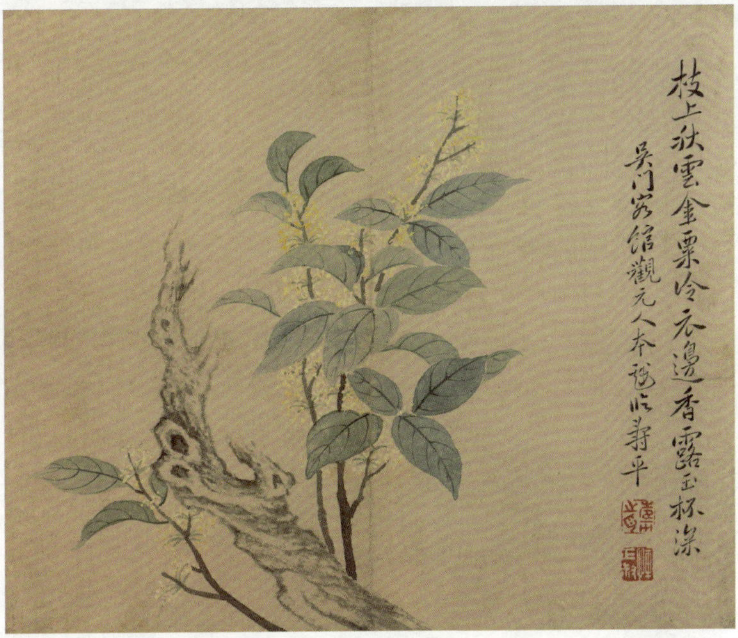

清 恽寿平《花卉图册》之五木樨 美国 Nelson-Atkins 艺术博物馆 藏

温骤降，会使人体新陈代谢和生理机能受到抑制，导致内分泌功能紊乱，使情绪低落，出现“低温抑郁症”。而中医从五行生克角度看，秋属金，对应五脏中的“肺”与七情中的“悲”。这样，人在秋季容易产生伤感的“悲秋”情绪。而桂花散寒破结、化痰止咳的药用功效恰好对治时风之邪，其香又具解郁之功，所以自古就有“桂为百药之长”的说法。

苏浙一带的民俗就有白露时节酿造桂花酒待客的习惯，据说陈年的桂花米酒有健脾胃、助消化、益气解郁之效。这种桂花米酒如何酿制呢？首先是原料采集，将当日采摘的新鲜桂花置于通风阴凉处摊开风干一夜后，按照每斤桂花加四两冰糖的比例，将冰糖碾碎与桂花混合拌匀，然后放入空酒瓮中发酵两至三天后，再加五十克桂圆肉、十克白参、一百克红枣，再倒入约四至五斤酒精度含量三十八度以上的米酒，密封窖藏至一年后开封品饮。酿好的桂花米酒色泽淡黄，桂香飘逸，酒香甜柔醇绵。酿造过程中，千万注意无论是桂花还是桂圆肉、红枣等原料都不能沾水洗，否则米酒会腐败变质。

“中庭地白树栖鸦，冷露无声湿桂花。今夜月明人尽望，不知秋思落谁家。”白露过后，中秋将至。待月圆之夜温一壶桂花米酒，与知己对饮，陶醉在甘露琼浆般的花香酒香中，还有何悲不能解、何愁不能散呢？

一候雷始收声

二候蛰虫坯户

三候水始涸

秋海棠和海棠分别是不同种属的花木。秋海棠是秋海棠科秋海棠属的多年生草本植物，其根状茎近球形，花期7月开始，果期8月开始。味酸涩，性凉，有凉血止血、散瘀、调经之功效。海棠是蔷薇科的灌木或小乔木，春季开花秋季结果，秋分时节也正是海棠果『八棱海棠』与『长把海棠』上市之时。海棠果性平味甘微酸，入脾、胃二经，有生津止渴、健脾止泻的功效。两种花木，一散一收，也正应了秋分的平和均衡之意。

【秋分】

秋海棠，悲秋时节相思红

唐·张劭

秋海棠

滴滴胭脂短短丛，飞来彩蝶占墙东。
鸳鸯簪冷红新点，蟋蟀栏底翠半笼。
艳态不胜寒露里，睡情多在月明中。
莫叫开近芙蓉殿，长信佳人怨守宫。

节气秋分为二十四节气中最重要的“四时八节”之一。这一刻，昼夜等长，在《尧典》上称为“宵中”，与节气春分的“日中”一样。在农业史上，秋分是农作物收获的标志性节气，所谓三秋大忙季节，即是秋分时“秋收、秋耕、秋种”的总称。自秋分起，日渐缩短，夜渐增长，气温也将渐凉起来。

秋分初候“雷始收声”。以雷声这一自然现象来描述阴阳二气的消长变化。古人认为，雷是因为阳气盛而发声，秋分后阴气盛而抑阳，所以不再打雷了。现在，秋冬打雷似很常见，但即使常见，也属反常，说明我们对自然的破坏影响已经非常大了，对应到农耕与人事上，往往会呈现灾害、灾变等现象。

秋分二候“蛰虫坯户”。蛰虫为冬眠的草虫类，坯户是指用细土为泥筑造的房子，是指冬眠的小虫开始挖造过冬的巢穴。此象为深挖洞，广积粮，未雨绸缪之意。

秋分三候“水始涸”。此象中所指的水，不仅仅是在地成形的水流，也包括空气中的水湿之气，是与整个二十四节气中水气变化相关联的。从立春初候东风解冻之水，到大暑三候大雨行时之水，以至于今水始涸，阴阳二气消长对自然能量的作用，通过水气变化直观地呈现出来，人们就可以观相而应变，借势而发展。

在与节气相关的成语中，有两个成语很有意思，一个是“平分春色”，一

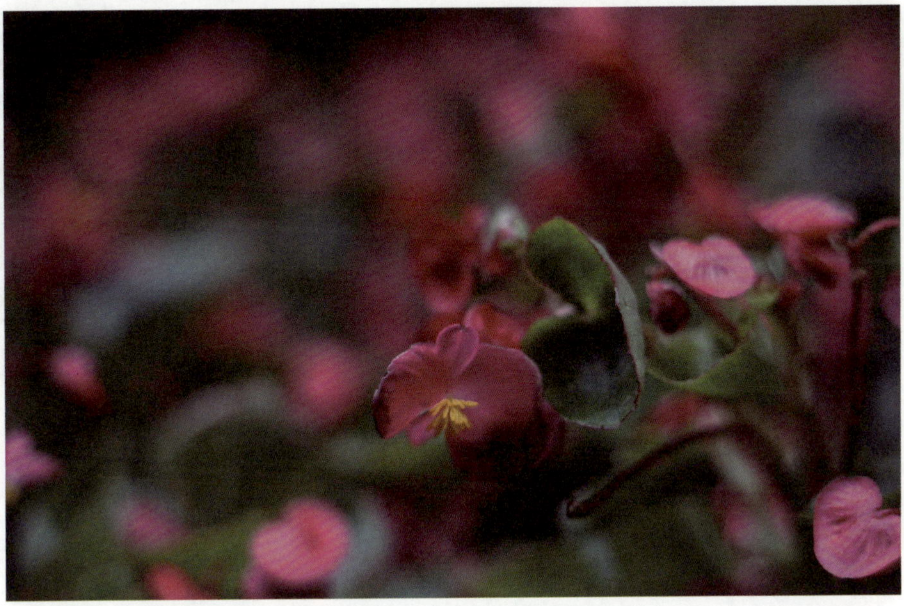

秋海棠

个是“平分秋色”。你知道二者的差别在哪里吗？“平分春色”表达的是生机，用来形容年轻人或者与生长、生发、生机、魅力等有关的事物比较合适。而“平分秋色”则是形容收获上的分享。这两个成语在日常表达时，可不要用错了地方。

一年四季中，伤春与悲秋是人心绪最不稳定的两种季节心病，秋分相应的节气花木秋海棠的别名是相思红，以其花语直指人在秋分前后的心理特征。

古人称秋海棠为断肠花，相传它是古代女子洒泪之处生长的鲜花，特别富有相思之情。《本草纲目拾遗》中载：“传昔人以思而喷血阶下，遂生此，故亦名相思草。”其花语有“游子思乡”与“离愁别绪”之意，男女之间亦常以此花表达苦恋之情。据说，法国人将秋海棠视为真挚的友谊，真相如何，有兴趣追根究底的读者不妨当个话题去找法国朋友聊一聊。

四季秋海棠

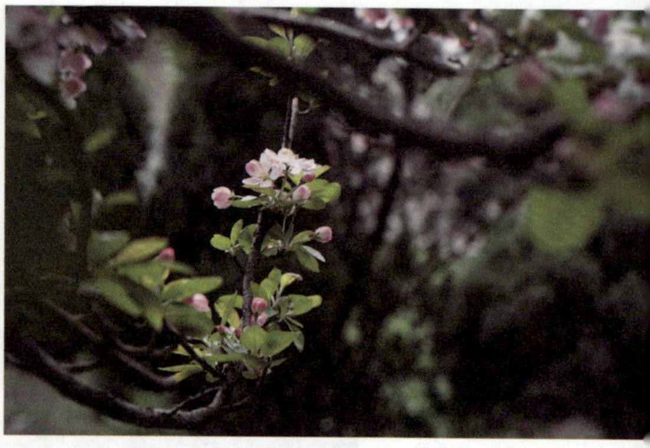
海棠

以节气划分四季的话，秋季自立秋始霜降止，共九十天，秋分适于中，阴阳适中，故秋分日昼夜平分。若以此象再观节气花木之理，应从“宣化使平”的角度来理解秋海棠。借秋海棠释放悲秋之负面情绪来平和内心，或许也是古人将秋海棠作为节气花木的深意之一吧。

秋海棠和海棠分别是不同种属的花木。秋海棠是秋海棠科秋海棠属的多年生草本植物，其根状茎近球形，花期 7 月开始，果期 8 月开始。味酸涩，性凉，有凉血止血、散瘀、调经之功效。海棠是蔷薇科的灌木或小乔木，春季开花秋季结果，秋分时节也正是海棠果“八棱海棠”与“长把海棠”上市之时。海棠果性平味甘微酸，入脾、胃二经，有生津止渴、健脾止泻的功效。两种花木，一散一收，也正应了秋分的平和均衡之意。秋海棠宜盆栽赏叶，海棠则可折枝入瓶赏花赏果。

唐人王建《十五夜望月寄杜郎中》云：“今夜月明人尽望，不知秋思落谁家。”苦恋的情侣可以借秋海棠来抒发一下相思之情，将内心的悲秋情绪释放掉，度过一个开心美满的中秋之夜，这对双方的身心健康都有好处。

作者：岳强
花器：水仙盆、剑山
花材：垂丝海棠、茶花、紫丁香、菖蒲叶

一候鸿雁来宾

二候雀入大水为蛤

三候菊有黄华

菊有春菊、秋菊之分，作为应节花木之菊所指为秋菊。秋菊农历九月开花，所以九月又称菊月，秋菊又称九花。清人俞曲园在其《十二月花神议》中将陶渊明封为菊花花神，或许缘于陶渊明是第一个引菊花为知己的人吧。陶渊明的『采菊东篱下，悠然见南山』『秋菊有佳色，裛露掇其英。泛此忘忧物，远我遗世情』等咏菊名句也的确将他与菊花形成了符号化的联系，以至于后世咏菊诗篇似无人能出其右。

【寒露】

秋菊，东篱黄花心思源

清·曹雪芹

问菊

欲讯秋情众莫知，喃喃负手叩东篱。
孤标傲世偕谁隐，一样花开为底迟？
圃露庭霜何寂寞，鸿归蛩病可相思？
休言举世无谈者，解语何妨片语时。

节气寒露的“寒”字用得非常精确，这一节气就是天气由凉转寒的拐点。如果寒露前形容气温是凉，从寒露节气开始，气温将带有寒意了。《遵生八笺》中《九月养生要则》中道：“寒露，季秋之时，草木零落，众物蛰伏，气清，风暴为朗，无犯朗风，节约生冷，以防疠病。”从现在起，要注意勿食生冷了。

寒露初候“鸿雁来宾”。据传，鸿为仲秋先至者为主，雁为季秋后至者为宾。这一动物伦理现象对我们这些城市中人来说，真是难以观察和印证了。还有一种解释认为，“鸿雁来宾”的“宾”应为水际之滨，但明代陈三谟的《岁序总考全集》否定了这一说法。

寒露二候“雀入大水为蛤”更加难以证实。古人认为，雀即黄雀，蛤即海中之蛤，那就是说，黄雀飞入海中会变成蛤？虽然道家有本著作《化书》就是论述物相转化之事的，但实际上没有证据可以证明海蛤是黄雀所变。因此，有人认为，“雀入大水为蛤”实为物象暗喻，雀为飞鸟，卦象为离，五行属火，入水为水所噬象征阳气为阴气所剥，这样就符合寒露二候的物候特征了。

寒露末候“菊有黄华”同样是以菊之色为喻，这一路数就与寒露二候的文风一脉相承了。露先白而后寒，秋日已近尾声。寒露期间有一个传统节日就是重阳节，以通常说法是农历九月九日为重九阳日，若依物候而言，则是寒凉之

清　邹一桂《香界八仙》之九花仙
天津博物馆藏

气所剥剩的一爻老阳而已。寒露的应节花木菊花，亦是农历九月之当令花神。菊作为名花之一，无论品种、花色均多不胜数，“菊有黄华”却专取黄色，这与五行五色有关。秋令在金，金虽性白，但亦有五色，所以“五金”以黄为贵，所以菊色以黄为正。明代陈三谟《岁序总考全集》中释：“桃华于仲春，桐华于季春，皆不言有，独于菊言有者，以万物华于阳，菊独华于阴，故特言有。桃华之红，桐华之白，皆不言色，独菊记其色者，以其华于阴中，其色应阴之盛也。”这段话就解释了“菊有黄华”中的“有”字的含义与“黄华”所喻为何。古人对物象观察之细微，描述之精确，不禁让人赞叹不已。

菊在植物分类学中是菊科菊属的多年生宿根草本植物。中国栽培菊花已有三千余年的历史，它与梅、兰、竹被中国文人合称为“花中四君子”，以梅之骨气、兰之香气、竹之节气、菊之傲气喻春夏秋冬四时和人生的气节，并取意元亨利贞四时吉祥。书房中悬挂的梅兰竹菊四条屏画，亦是带有吉祥物色彩的风水画。菊花还是插花素材中的世界四大切花之一，在中国人眼中是高洁隐逸和益寿延龄之花，在西方人眼中则代表了清净与真情。

菊有春菊、秋菊之分，作为应节花木之菊所指为秋菊。秋菊农历九月开花，所以九月又称菊月，秋菊又称九花。清人俞曲园在其《十二月花神议》中将陶

清 马荃《仿北宋花蓝图》

渊明封为菊花花神，或许缘于陶渊明是第一个引菊花为知己的人吧。陶渊明的“采菊东篱下，悠然见南山”“秋菊有佳色，裛露掇其英。泛此忘忧物，远我遗世情”等咏菊名句也的确将他与菊花形成了符号化的联系，以至于后世咏菊诗篇似无人能出其右。以菊入画也是国画花鸟画题材中常见的主题，也是摹古插花最常见的主题。这是严舒雯以马荃的《仿北宋花篮图》所插模古插花作品，她以竹花篮为花，配以五种不同品种的菊花，模仿了画中的形态。同样，我的老师吴清先生

作者：严舒雯
仿马荃《花篮图》
花器：竹编花篮
花材：秋菊五种

他临摹清代画家虚谷《瓶菊图》的插花作品，选择了外形与画中相似的仿陶古铜瓶为器，配以三种不同品种的菊花，折压成接近画中的形态，以松枝为衬枝，将画中二维平面的瓶菊还原出立体的风姿。

虚谷《瓶菊图》

摹古插花是“戴着镣铐跳舞”的艺术创作，需要以古人的画作或者雕塑、器皿纹饰等作品为参照，参考其构图、寓意与风格，在此基础上，以现有的素材加工创作的作品。上海插花花艺协会刘明华主编的《历代插花》汇集了九十九件摹古插花作品，是目前所见最好的摹古插花范本。

清才子李渔在其《闲情偶寄》中道：“自有菊以来，高人逸士无不尽吻揄扬，而予独反其说者，非与渊明作敌国。”他认为，世间三种奇葩“牡丹、芍药、菊花”之中，牡丹、芍药之美全赖天工，而菊花则全靠人力。所以，当人们赏菊之时唯赞花好，而忽视园丁之劳，岂能心安理得？所以，李渔将菊之深意指为“饮水思源”倒与寒露节气的人文寓意相合。

李渔道：“予创是说，为秋花报本，乃深于爱菊，非薄之也。”“使能以种菊之无逸者砺其身心，则焉往而不为圣贤？使能以种菊之有恒者攻吾举业，则何虑其不掇青紫？”其大意是，我们对待任何事，若能如园丁种菊一般不图安逸、持之以恒，何愁功不成名不就呢？

饮水思源，知恩报恩，恒久坚忍，这当是秋菊教化我们的美德吧！

仿虚谷《瓶菊图》
作者：吴清
花器：仿陶双耳铜瓶
花材：秋菊三种

一候豺乃祭兽

二候草木黄落

三候蛰虫咸俯

雁来红，别名三色苋、叶鸡冠、老来娇、老少年。为苋科苋属三色苋种的一年生草本植物，原产以印度为主的亚洲热带地区。雁来红的别名老少年其意甚妙。霜降过后即是冬来，如人生之壮志暮年。临冬观叶而不是赏花，则更像大自然对人生的警示：当敛当止，见好该收了。

【霜降】

雁来红，霜冷叶红老少年

宋·方岳

雁来红

其一

是叶青青花片红，剪裁无巧似春风。

谁将叶作花颜色，更与春风迥不同。

其二

秋入山篱叶正丹，老天浑误作花看。

不知宋玉今何似，雁欲来时霜正寒。

“霜露既降气肃然，豺乃取兽而陈祭。草木皆黄落叶飞，蛰虫咸俯迎寒气。”这是明代陈三谟所撰《七十二候歌》中对霜降节气的描述。霜降，是秋季六气的最后一气，也即节气上的秋季终了，十五天后就将进入冬季六气，赏秋的最后时光到了。

霜降初候“豺乃祭兽”。豺，别称为亚洲野犬，外形与狼、狗等相近，体形比狼小，战斗力却高于狼，性喜群居，善于围猎，是现存最强的犬科动物，也是最凶残和灵活的犬科动物，被古人称为“贪残之兽”。据传说，豺有一习性，是在季秋时节，将其所猎杀的动物朝向西方布而陈之以祭天。所以，古人在秋围前会观察“豺祭兽”的时间，然后才开始秋围，这也是古人敬畏和遵循自然规律的一种体现。

霜降二候“草木黄落”。此候则对应了十二辟卦的“剥”卦之象，即霜降之后，阴阳二气之中的最后一丝阳气被阴气剥尽，体现在自然物候上，就是枝叶皆枯黄而凋落。黄为五行土之色，万物皆生于土，而反于土，对应一年阴阳二气消长规律的十二辟卦在剥卦后即是“坤”卦，坤为土，大地草木将反归于黄土，所以草木黄落凋零之象即为迎来冬季六气的过渡。

霜降三候为“蛰虫咸俯”。如果说霜降初候是自然伦常之象，二候为草木生衰之象，那“蛰虫咸俯”则是应对冬令的求生图存之象。冬令将至，寒气凛肃，蛰虫皆垂其首而不食，以冬眠之态保存生命能量。仲秋坏户，季秋塞户，蛰虫

雁来红 周勇 绘

尚且如此知候顺势，何况人呢？

《黄帝内经·素问·上古天真论》中，黄帝问岐伯："我发现上古的人，都年逾百岁而动作不衰；今时之人，年过半百而动作皆衰，这是什么缘故呢？"岐伯回答道："上古之人，都遵循自然规律，食饮有节，起居有常，不妄作劳，所以都能自然寿终而不会早衰。现在的人则不然，以酒为浆，以妄为常，醉酒纵欲，起居无节，所以半百而衰。"对应霜降三候，我们真的要反思一下，连虫子都不如吗？

在二十四节气中，多数节气花木是赏其花，而霜降则是赏叶。唐人杜牧《山行》中的名句即是"霜叶红于二月花"，这红于二月花的霜叶很多人以为是红枫或者黄栌，其实还有一种花木叫"雁来红"，又名"老少年"，它才是霜降节气的应气花木。

雁来红，别名三色苋、叶鸡冠、老来娇、老少年，为苋科苋属三色苋种的一年生草本植物，原产以印度为主的亚洲热带地区。株高八十至一百厘米，茎直立，少分枝。幼苗很像普通的苋菜，但到深秋底部叶渐渐变为深紫色，顶叶变得猩红如染，鲜艳异常，因其变色之际正值"北雁南飞"之时，便得名"雁来红"。

雁来红是赏叶植物，在国画中也是常见的花鸟画题材，但传统插花中并不常用。雁来红的别名老少年其意甚妙。霜降过后即是冬来，如人生之壮志暮年。

临冬观叶而不是赏花，则更像大自然对人生的警示：当敛当止，见好该收了。霜降之后，灸一灸，对身体还是蛮好的。

草鸡冠别名老少年 李勤 摄

中国文化思维是“天人合一”。所以《黄帝内经·素问·四气调神大论篇》道：“故阴阳四时者，万物之终始也；死生之本也；逆之则灾害生，从之则苛疾不起，是谓得道。”这个“得道”一点都没有神神道道的意思，就是遵循了自然的生死规律而已，这就是中国人的“遵生之道”。

现在，养生、卫生都是大家很熟悉的词语，其实，中国的生命科学讲究的是遵生。这个“遵”字有两重含义：其一是尊重自然法则之尊，其二是遵循自然规律之遵。一个意思是知，一个意思是行。这也就是《阴符经》开宗明义的那八个字“观天之道，执天之行”，但往往是“圣人行之，愚者佩之”。

在这个迷信科学的时代，人们更看重现象的认识和数据的积累，而缺失了一点点人文的内省与体会。大自然中花木万千，生态各异，为何会选“雁来红”作为霜降花木，这值得用心体会和参悟。雁来红又名“老少年”，而老子在《道德经》中所言得道之人“复归于婴儿”，这与节气有什么关系吗？

“道可道，非常道。”古人妙就妙在很多问题没有给出标准答案，这才给后人留下了更丰富的想象、体认和启发的空间，但结果必然是互证的，这就像星月运行之规律一样亘古不变。

秋令花序总表

节气	花木	物候	
立秋 阳历8月6日-8日	凌霄 米仔兰 夜来香	一候	凉风至
		二候	白露降
		三候	寒蝉鸣
处暑 阳历8月21日-23日 申月中气	紫薇 秋英 素馨	一候	鹰乃祭鸟
		二候	天地始肃
		三候	禾乃登
白露 阳历9月6日-8日	木樨 龙爪花 金凤花	一候	鸿雁来
		二候	元鸟归
		三候	群鸟养羞
秋分 阳历9月21日-23日 酉月中气	秋海棠 紫菀 一串红	一候	雷始收声
		二候	蛰虫坯户
		三候	水始涸
寒露 阳历10月6日-8日	菊花 凤尾兰 山茱萸	一候	鸿雁来宾
		二候	雀入水为蛤
		三候	菊有黄华
霜降 阳历10月21日-23日 戌月中气	雁来红 藏红花 黄栌	一候	豺乃祭兽
		二候	草木黄落
		三候	蛰虫咸俯

一候水始冰

二候地始冻

三候雉入大水为蜃

芙蓉，原名木芙蓉，是锦葵科木槿属落叶小乔木，盛开于农历九月至十一月间，花径约8厘米，花瓣近圆形，花色一日三变，晨粉白、昼浅红、暮深红，花大色丽，娇艳多姿。因多在庭院中配植水滨，花光水影，尤显妩媚，所以《长物志》云：『芙蓉宜植池岸，临水为佳。若他处植之，绝无丰致。』因此，芙蓉又被称为『照水芙蓉』，是农历十月的花神。

【立冬】

芙蓉，宜霜自妍赛牡丹

唐·徐铉

题殷舍人宅木芙蓉

怜君庭下木芙蓉，袅袅纤枝淡淡红。
晓吐芳心零宿露，晚摇娇影媚清风。
似含情态愁秋雨，暗减馨香借菊丛。
默饮数杯应未称，不知歌管兴谁同。

霜降过后即是冬来。从节气角度说，冬季六气之首的立冬节气一到，即已经迈入“冬季”。但按气象学划分四季标准，真正入冬需要连续五天平均气温在十摄氏度以下，其观测点是气温。而通过太阳在黄道的位置定气的节气立冬，就有一点洞烛先机的前瞻味道，在立冬三候中，通过物候现象的提炼和描绘，更印证了这一看法。

立冬初候“水始冰”。冰是水的固态，水寒至零摄氏度以下则凝。“立冬、小雪”二气为孟冬之月，阴寒之气已渐盛，借用表述阴阳二气消息规律的十二辟卦来表示的话，孟冬二气之卦为“坤”，六爻皆为阴，初爻爻辞道：“履霜，坚冰至。”非常形象准确地描绘出“水始冰”的渐进过程。“这段时间，可能脚下仅仅是踩到霜雪，但很快将要水凝为冰了。”这句话，是针对黄河流域中原地区而言。

立冬二候“地始冻”同样是描述天地自然的气温变化特征，成语“天寒地冻”大概说的就是此时。水结冰后，阴寒之气渐渐下凝，而大地所蓄暖阳之气耗散衰微，土地中的水湿凝结后，渐渐使土层也冰冻板结，这都是孟冬时节黄河流域的物候特征。

南宋　李迪《红白芙蓉图》　日本东京国立博物馆 藏

立冬三候“雉入大水为蜃”，与寒露二候“雀入大水为蛤”是一个道理，是一个很值得细细琢磨的物候现象。无论是雀还是雉，在卦象上皆为离卦，五行属火，蛤为有物之象，而蜃为蛤之气所成之幻象，此候实际上是以水克火坎离相交的化气之象。所以，《礼记·月令》中道：“冬之为言中也。中者，藏也。”阴阳二气一岁的消息互动，至此以化藏而终。这倒像电影《黑客帝国》第三季的大结局，救世主尼奥与虚拟世界的大魔头史密斯以互杀而终了，同时，那又是一个新世界的开始。

一年四季里，提到冬天，印象中即是万木萧疏百花凋零，一派凋敝的景色。实际上，从节气花木来看，冬季的花木却别有一种精神值得我们去品赏，立冬的应节花木芙蓉便是迎霜绽放的娇艳之花，所以古人赞美说“拒霜芙蓉赛牡丹”。

芙蓉，原名木芙蓉，是锦葵科木槿属落叶小乔木，盛开于农历九月至十一月间，花径约八厘米，花瓣近圆形，花色一日三变，晨粉白、昼浅红、暮深红，花大色丽，娇艳多姿。因多在庭院中配植水滨，花光水影，尤显妩媚，所以《长物志》云：“芙蓉宜植池岸，临水为佳。若他处植之，绝无丰致。”因此，芙蓉又称为“照水芙蓉”，是农历十月的花神。

作者：严舒雯
花器：青白釉瓜棱双耳瓶
花材：单瓣芙蓉、山茱萸、狼尾草

木芙蓉插花可算是冬令的牡丹了，但它比牡丹更容易配花创作。在花器的选择上，盘、碗、瓶均适用，材质铜器、瓷器、料器亦皆可用。造型上，可单枝入瓶作为小环境的点缀，也可与其他配花组合作为厅堂陈设瓶花作品。

宋文豪苏轼的《和陈述古拒霜花》道：“千林扫作一番黄，只有芙蓉独自芳。唤作拒霜知未称，细思却是最宜霜。”芙蓉宜霜而艳，却给赏花者拒霜之感慨。这就如《庄子·秋水》中与惠子那段“子非鱼”之辩，处境不同、立场不同，即使面对同一景象，也会得出不同的观感与判断。实际上，无论局内人还是局外人，观待对境若没有全面的了解、细致的观察、周密的分析，未必会有理性而周到的取舍抉择，所以说“世事如棋局，得失一子间”。观棋者岂知弈者所思，妄议棋局只会扰弈者之心而令人厌弃罢了。《大学》三纲之“止于至善”前提在“知止”，认识了良知所在，“止”于良知，才能归一，管理好自己的心，才是“正”道。

重瓣木芙蓉

提到传统文化，很多人会联想到《易经》八卦、占卜算命，我常常对那些执迷于此的人说，“易”教人的是观察的方法，而不是给你预判的答案，所以荀子说：“善易者不卜。”因为你明白了世间变易之规律，顺势而为，自然吉无不利，岂用机关算尽之斤斤计较呢？在旁人看来拒霜之芙蓉，实为迎霜而红的顺势绽放，你又怎知？

所以，立冬赏芙蓉，不妨从学易入手，既学见微知著，又懂藏中进取，还会推己及人，这都是立冬之花芙蓉的花语：成熟、高洁而美丽，可以与牡丹相媲美。

迈入冬天，厚厚的寒衣也裹不住的那份美丽往往是从气质里透出来，这不也如同芙蓉一般吗？

一候虹藏不见
二候天气上升地气下降
三候闭塞而成冬

民间所认为的小雪花木象牙红又名老来娇、圣诞花、圣诞红、猩猩木。其学名为一品红，为大戟科大戟属一品红亚属的常绿灌木。原产中美洲，广泛栽培于热带和亚热带，我国绝大部分省区市均有栽培。全株味苦涩，性凉，有小毒。有调经止血、活血化瘀、接骨消肿的功效。花果期10月至次年4月，花色鲜艳，花期长，漫长寒冬里一片艳红点燃人炽热的情绪，在圣诞、元旦、春节期间，是盆栽布置室内环境，增加喜庆气氛的常用花卉。

【小雪】

南天竹，鸿运当头迎雪来

宋·释善珍

小雪

云暗初成霰点微，旋闻蔌蔌洒窗扉。
最愁南北犬惊吠，兼恐北风鸿退飞。
梦锦尚堪裁好句，鬓丝那可织寒衣。
拥炉睡思难撑拄，起唤梅花为解围。

小雪是立冬与大雪两节之间的孟冬亥月中气，其意为冬令之气渐盛，气温渐寒，已可迎初雪。所以，节气小雪未必下雪，仅是天气的变化趋势而已。

小雪初候“虹藏不见”与清明三候“虹始见”相对应，彩虹出没这一现象是古人对自然物候变化观察的一个重要采样，在很多宗教形成初期，彩虹更被当作圣迹显现而被膜拜。明代陈三谟的《岁序总考全集》中认为，“阴阳气交而成虹”。但唐代学者孔颖达在《礼记注疏·月令》中写道：“若云薄漏日，日照雨漏则虹生。”这对彩虹成因的解释已接近现代科学观点。小雪后气温降低，降水渐少，彩虹的形成条件已不具备，古人以“虹藏不见”定义了小雪初候的物候特征来表达阴阳、寒暑二气的趋势性变化，见与不见正好一岁轮回。

小雪二候“天气上升地气下降”对阴阳寒暑二气的这一表述就更明确了。阳气回到天上，阴气降到地下，大自然阴阳寒暑之气像停止了交互运动，看似各归其位，实际上是不和而终。也就是说，此时，自然万物的生命机能处在休止状态，这种休止实际上是在含藏蓄势，各自积蓄能量，以待再次推动二气交互运动的那个起始能量点：冬至。

小雪三候“闭塞而成冬”，至此，真正物候意义上的冬令形成。如果我们

大丽花

到人迹罕至的大自然中去观察此时的天地物候特征，就能体会到那种万籁俱寂的时间静止之感，这就是一岁之终的“冬”之本义。岁是什么？岁，既是木星（古称岁星）绕行太阳的周期，也是指稼禾从生发至收成的一个轮回过程。在“闭塞而成冬”的一岁之终，也正是新一轮生命轮回孕育的蓄势阶段，这就是“冬藏”的本义所在。

“冬藏”藏什么？有个成语“鸟尽弓藏”常被认为跟“卸磨杀驴”有相似之意，其实未必尽然。“鸟尽弓藏”是为了“藏器待时”，无论是身体的健康，还是事业的发展，都需要养精蓄锐，冬令正是养“藏”之时。

在全部二十四节气花木中，小雪的节气花木是颇有争议的。在北京二十四节气公园中，那二十四根节气柱上小雪的应气花木是大丽花，但民间通常以南天竹和象牙红作为小雪的应气花木。

我们先看大丽花的出处吧。

从“中国植物物种信息数据库”中检索到的大丽花条目载：别名大理花、天竺牡丹、苕菊、西番莲等。是菊科大丽花属植物，多年生草本，花期6–12月，花形繁多，花色绚丽多彩。果期9–10月，果实呈长圆形，黑色。有巨大棒状块根，根内含菊糖，在医药上有与葡萄糖同样的功效，味辛、性甘平、入肝经，有活血化瘀之功效，有一定的药用价值。

大丽花原产墨西哥，是世界上花卉品种最多的物种之一。据统计，大丽花品种已超过三万个。其花语为大吉大利，墨西哥人把它视为大方、富丽的象征，因此将它尊为国花。

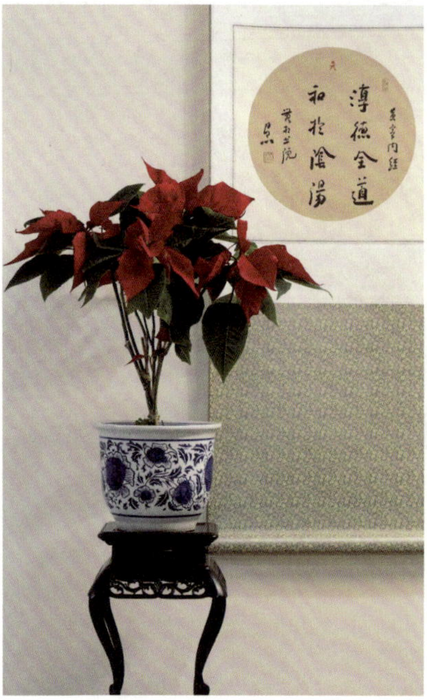

盆花：一品红
书法：淳德全道，和于阴阳
作者：即心

虽然“中国植物物种信息数据库”中记载大丽花又别名西番莲，但实际上，我认为这是一处错误。因为，西番莲是西番莲科西番莲属多年生常绿攀援木质藤本植物。夏季开花，花期5–7月，花大，淡绿色。果为卵圆球形至近圆球形，鲜果形似鸡蛋，熟时橙黄色或黄色肉质浆果，果汁色泽类似鸡蛋蛋黄，故得别称“鸡蛋果”。有些大型超市进口食品柜上能看到西番莲果汁饮料的销售，是减肥佳品。

民间所认为的小雪花木象牙红又名老来娇、圣诞花、圣诞红、猩猩木。其学名为一品红，为大戟科大戟属一品红亚属的常绿灌木。原产中美洲，广泛栽培于热带和亚热带，我国绝大部分省区市均有栽培。全株味苦涩，性凉，有小毒。有调经止血、活血化瘀、接骨消肿的功效。花果期10月至次年4月，“我的心正在燃烧”是它的花语之一。象牙红花色鲜艳，花期长，漫长寒冬里一片艳红点燃人炽热的情绪，在圣诞、元旦、春节期间，是盆栽布置室内环境，增加喜庆气氛的常用花卉。但是，大戟科植物通常都会有毒性，象牙红同样也有小毒，少数人会对其汁液有过敏等不良反应，室内栽培时须稍加留意。

冬令小雪之际，还有一种赏果的花木为古时岁朝清供的题材所青睐，这就是南天竹。明代王世懋《学圃杂疏·花疏》天竹记曰:“天竹,累累朱实,扶摇绿叶上,雪中视之尤佳。”明代文人王象晋编著的《群芳谱》中,“阑天竹”条目下载:“阑天竹,一名大椿;一名南天竺,或作东天竺;一名南天烛,干生年久有高至丈余者,糯者矮而多子,粳者高而不结子,叶如竹小,锐有刻缺,梅雨中开碎白花,结实枝头,赤红如珊瑚,成穗,一穗数十子,红鲜可爱,且耐霜雪,经久不脱。植之庭中,又能辟火,性好阴而恶湿,栽贵得其地,秋后髡其干,留孤根俟,春遂长条,肆而结子,则身低矮,子蕃衍可作盆景,供书舍清玩。”南天竹春夏开花,果实从小雪节气前后开始渐渐变红,经久不败,被赋予“长寿好运”“子孙满堂”“鸿运当头”等寓意,一直到春节期间,都是瓶花清供常见且讨喜的花材。南天竹还是一味道医所推崇的仙药,苏颂《本草图经》中曰:“孙思邈千金月令方,南烛煎益髭发,及容颜,兼补暖。”《上元宝经》曰:“服草木之王,气与神通,食青烛之精,命不复殒。”实际上,南天竹是“中国植物图谱数据库”收录的有毒植物,其茎、根含有南天竹碱、小檗碱,茎含原阿片碱、异南天竹碱。果实含异可利定碱、原阿片碱。叶、花蕾及果实均含有氢氰酸。全株有一定药用价值,但如大量食用则可能引起肺部、胸膜、气管充血和出血,甚至导致死亡。

无论是大丽花、象牙红还是南天竹,这三种植物有许多共同点:花果的色彩皆以红色为主,其药性也有相近之处。这些共性也都是在冬天里我们所需要的。冬养藏是养阳,这几种花木所提供的恰恰是激发阳能热烈散瘀的功效,这其中呈现的人与自然的奇妙互动关系值得我们细细观察和体会。

作者:吴清
花器:青釉穿带直颈瓶
花材:南天竹

一候鹖鴠不鸣

二候虎始交

三候荔挺出

清代戏剧家李渔堪称花痴，他在《闲情偶寄》中写道：『水仙一花，予之命也。』他认为，水仙以金陵为最佳，所以把家安在金陵，就是为了住在水仙之乡。为了种水仙，他不惜变卖家当，亲人劝他说：『一年不看这花也无碍啊。』李渔说：『汝欲夺吾命乎？宁短一岁之寿，勿减一岁之花。』这就是旧时文人那可爱的偏执。

【大雪】

水仙，赏雪漫品千家诗

王充道送水仙花五十支，欣然会心，为之作咏

宋·黄庭坚

凌波仙子生尘袜，水上轻盈步微月。
是谁招此断肠魂，种作寒花寄愁绝。
含香体素欲倾城，山矾是弟梅是兄。
坐对真成被花恼，出门一笑大江横。

如果你能持之以恒地注意观察岁时节气轮转，定会惊叹寒暑二气的对立运动真像太极阴阳图那样，在周而复始的圆运动中化生万物。

大雪初候“鹖鴠不鸣”，“鹖鴠”二字发音为“何旦”，是一种夜鸣求旦之鸟，又称寒号鸟。其外形像山鸡，毛色黄黑相间，有毛角似冠，勇猛善斗，必死方止，所以古人取其冠以赠勇士。现代人解释“鹖鴠不鸣”这一现象时，往往认为是寒号鸟受不了天寒地冻之气而停止鸣叫，其实不然。理解物候需要先了解物性，鹖鴠夜鸣求旦是阴类之禽求阳为补的缘故，所以，夜间或阴寒之时鹖鴠鸣叫，不鸣则说明其感受到一阳来复之兆。在十二消息卦中，仲冬二气大雪、冬至对应的卦象是地雷复卦，其象就是初爻为阳，其余六爻为阴。自然之气的阴阳寒热微细变化人和仪器可能感受不出，但“鹖鴠不鸣”提醒我们，寒冬将至，春已不远。

大雪二候“虎始交”，更加具象地描绘了阴盛至极时，一阳始交而新生将至之理。虎自古就是充满阳刚之气的生命象征，老虎开始求偶的行为附会于人，就好比代表阴性的女子最具吸引力的时刻，点燃了少男追求的渴望，这也就代表了阴阳二气交感将引发新一轮生命轮回的象征。

大雪三候“荔挺出”的“荔挺”是什么？许慎的《说文解字》中释：“荔似蒲而小，根可为刷。”清代文字学家段玉裁注道“今北方束其根以刮锅”，

宋 《水仙图》页 故宫博物院藏

这说明荔挺是一种阳强而坚的植物。在仲冬大雪之际，荔挺从地而出，也正是预告着自然大地即将一阳来复，阴阳气机转化，已近质变之时。

盆栽水仙一直是最直观的观赏花木变化的文人案头雅物。“水仙怯暖爱清寒，两日微暄懒欲眠。料峭晚风人不会，留花且住伴诗仙。”这是宋人杨万里题写《晚寒题水仙花并湖山三首》中的一首。节气大雪的应节花木是水仙，此时，是文人移栽水仙入水仙盆的时候了。

水仙，石蒜科多年生鳞茎草本植物，性喜温暖湿润气候。早春开花并贮藏养分，夏季休眠，至大雪节气前后换置以水仙盆，清水养植。花期 1–2 月，碧叶如带，芳花似杯，花冠口部具黄色盏状的副花冠，获“金盏银台”美誉。其香清幽沁人心脾，是点缀元旦和春节的重要冬令时花，被称为“凌波仙子”。水仙之名由来，据《水仙花志》载：“此花得水则新鲜，失水则枯萎。”明人王世懋《花疏》中说：“水仙宜置瓶中，其物得水则不枯，故曰水仙，称其名矣。”故有一说为，“此花初名水鲜，因其冰清玉洁颇具仙骨，而谐音为水仙”。明文震亨《长物志》载：“水仙，六朝人呼为雅蒜。”宋代《南阳诗注》载：“此花外白中黄，茎干虚通如葱，本生武当山谷间，土人谓之天葱。”宋人郭印《咏水仙花》道：“琉璃擢干耐祁寒，玉叶金须色正鲜。弱质先梅夸绰约，献香真是水中仙。”

中国水仙的原种为唐代从意大利引入，已有千余年的栽培历史，为中国十大传统名花之一，其中以上海崇明区和福建漳州水仙最为著名。在希腊神话中，水仙花的传说与一位名叫纳西塞斯（Narcissus）的美少年有关。纳西塞斯是一位出色的猎人，他拥有迷人的外貌和非凡的才华，但他过于自恋，以至于对其他人的感情毫不在意，始终保持冷漠的态度。有一天，纳西塞斯在森林中迷了路，当他口渴时发现了一池清澈的水，当他低头喝水时，被水中倒影的美丽的自己所迷住无法自拔。最终，他凝视着自己的倒影，忘乎所以地离开人世。在西方文化中，水仙花作为纳西塞斯的象征，它既散发着高贵和神秘的气息，同时也成为了人们对自恋和自负的警示。

南宋时期，任过漳州知州的杨万里、朱熹、刘克庄、赵以夫等均有吟咏水仙花的诗词传世。因水仙之冰清仙骨，亦是佛道中人所钟情的花卉之一。在道家全真派南宗祖师白玉蟾的《冥鸿阁即事》中可以窥见水仙相伴丹道宗师冥鸿阁小寐之景："腊雪飞如真脑子，水仙开似小莲花。睡云正美俄惊起，且唤诗僧与斗茶。"宋僧释智愚则咏《水仙》以喻心智无染："芳心尘外洁，道韵雪中香。自是神仙骨，何劳更洗妆。"宋诗人范成大居士的《次韵龚养正送水仙花》"色界香尘付八还，正观不起况邪观。花前犹有诗情在，还作凌波步月看"则引经据典，以《楞严经》"八还辨见"的典故起韵，弃观而指性，法喻高妙。

清代戏剧家李渔堪称花痴，他在其《闲情偶寄》中道："水仙一花，予之命也。"他认为，水仙以金陵为最佳，所以把家安在金陵，就是为了住在水仙之乡。为了种水仙，他不惜变卖家当，亲人劝他说："一年不看这花也无碍啊。"李渔说："汝欲夺吾命乎？宁短一岁之寿，勿减一岁之花。"这就是旧时文人那可爱的偏执。

水仙花的花语是"敬意"，若从其毒性的角度看，用"敬畏"似更妥当些。宋代书法家黄庭坚在《刘邦直送早梅水仙花》写道："得水能仙天与奇，寒香寂寞动冰肌。仙风道骨今谁有？淡扫蛾眉簪一枝。"遇到这水仙簪头的仙女，恐怕也只有远瞻的份儿了。

家养水仙要注意，水仙为"中国植物图谱数据库"收录的有毒植物，全草有毒，鳞茎毒性较大。其中含石蒜碱、多花水仙碱等多种生物碱，外科用作镇痛剂，鳞茎捣烂可敷治痈肿。但误食后会出现呕吐、脉搏频微、出冷汗、虚脱等症状，严重的会导致痉挛、麻痹而死。所以，有小孩的家庭要将水仙放置在远离小孩的地方。

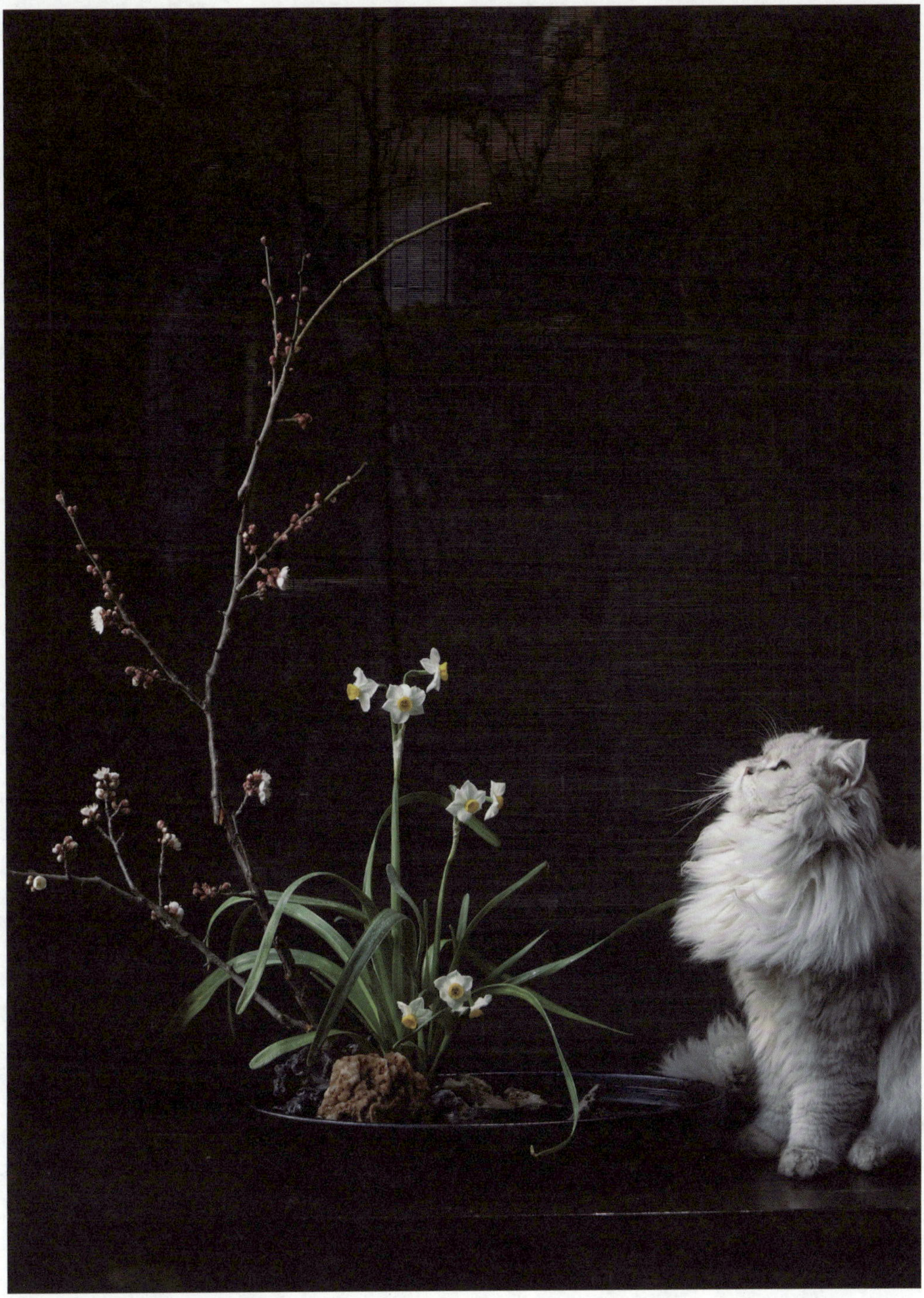

作者：严舒雯
花器：水仙盆、水石、剑山
花材：梅花、水仙

一候蚯蚓结

二候麋角解

三候水泉动

茶花又名山茶，古名海石榴，是山茶科山茶属植物，原产云南，性喜温暖、湿润的环境。《本草纲目》记载：『其叶类茗，又可作饮，故得茶名。』周定王《救荒本草》道：『山茶嫩叶炸熟水淘可食，亦可蒸晒作饮。』但山茶与茶树之茶还是有所不同的。茶叶是采自茶树的嫩叶或嫩芽；山茶虽亦可成饮，却以观赏为主。

【冬至】

茶花，围炉消寒品山茶

宋·曹彦约

静坐对茶花偶作

菊后梅前冷落时，剪檀雕蜡酪为肌。
人从老处亲平淡，花向无中补阙亏。
地暖不忧春近远，窗空惟映月参差。
病夫久废卢仝椀，鼻观从容圣得知。

冬至是农历冬月也就是十一月的中气，在古人吟咏冬至的诗中，宋儒邵雍夫子的《冬至吟》最为经典："冬至子之半，天心无改移。一阳初动处，万物未生时。玄酒味方淡，大音声正希。此方如不信，更请问庖牺。"冬至，阴极阳生，是真正的一岁之元。

冬至初候"蚯蚓结"，蚯蚓又称地龙，是阴曲阳伸的生物，立夏中候时，蚯蚓感阳气而伸出地表，冬至初候则缩成一团交缠成结在地下，此象正应潜龙勿用，团结养元之象。

冬至中候"麋角解"，对应夏至初候"鹿角解"。麋与鹿在现代的动物学分类中虽属同科，但在古人眼中，因麋与鹿的角所生长形状与方向不同，将其分别指代为阳性与阴性两类属性相反的动物。鹿是山兽，角向前，属阳；麋角向后，生活于水泽，属阴。夏至时，鹿感受阳气渐消而解角，麋则是在冬至时感受阴气渐息而解角。冬至初候时，为阴至极阳初动，至中候则一阳来复之象成。

冬至三候"水泉动"。《月令七十二候集解》中道："水者，天一之阳所生，阳生而动，今一阳初生故云耳。"此候更具象地描绘了山中谷底的泉水，因地下阳能的动力，开始汩汩涌动。生活在深山里的人对此象应有体会。

作者：吴清
花器：六方双龙耳长颈铜瓶
花材：山茶、垂丝海棠

花开富贵　苏州桃花坞木板年画

“一元复始，万象更新”，从节气与卦象来说，所指应是冬至。就像人之虚岁为从父所生，实岁为从母所生一个道理。冬至称岁，为一阳初动；立春称年，为阳气萌。所谓“冬至大过年”之意即为其“元”当在冬至。

“年年花事易消磨，如尔花中得气多。屈指三时开不断，冬寒春暖夏清和。”这是清人厉惕斋的《茶花》诗，冬至以茶花为中气花木，或许正是取其花开不断得气最久之意吧。

茶花又名山茶，古名海石榴，是山茶科山茶属植物，原产云南，性喜温暖、湿润的环境。《本草纲目》记载：“其叶类茗，又可作饮，故得茶名。”周定王《救荒本草》道："山茶嫩叶炸熟水淘可食，亦可蒸晒作饮。"但山茶与茶树之茶还是有所不同的。茶叶是采自茶树的嫩叶或嫩芽；山茶虽亦可成饮，却以观赏为主。

山茶的花期从10月到翌年5月，盛花期通常在1-3月。《格古论》载，山茶"花有数种，宝珠者，花簇如珠，最胜。海榴茶花蒂青，石榴茶中有碎花，踯躅茶花如杜鹃花，宫粉茶、串珠茶皆粉红色。又有一捻红、千叶红、千叶白等名，不可胜数，叶各小异"。清文人李渔在其《闲情偶寄》中道："花之最不耐开，一开辄尽者，桂与玉兰是也。花之最能持久，愈开愈盛者，山茶、石榴是也。然石榴之久，犹不及山茶；榴叶经霜即脱，山茶戴雪而荣。则是此花也者，具松柏之骨，挟桃李之姿，历春夏秋冬如一日，殆草木而神仙者乎？"故《全芳备祖》卷十九中引曾裘甫诗赞曰："惟有山茶殊奈久，独能探月占春风"。在厉惕斋的《真州风土记》中写道，冬至之时，富人家作"消寒会"雅集，盛开的山茶是雅玩清供中的主角。山茶、蜡梅、水仙、松枝、南天竹是瓶花里的绝配，在很多岁朝清供画中可以看到它们的身影。

金润《瓶花谱》道："夫花者，草木之敷秀也。非花则无以实，生意流行之理，咸具于此。可以发诗兴之清奇，可以忘尘虑之分沓。伴山窗高士之谈玄，称绮席英才之雅集。或对酌，或独赏，咸得如意。故曰：赏花须是惜花人。又曰：人生能看几花开。非赏心乐事，则不能苟忧患，困厄不与也。是则，风景不常春，雪鬓不再黑，令人闻此，得不有感而秉烛夜游乎！"

山茶的花语有"可爱、谦逊、谨慎、美德"等，这也与冬至之卦德相应。"一阳来复"之时，万物迎来新生，一丛绽放着生机与活力的山茶相伴雅室，其气机亦会带动舍内的生命健康成长，这正是书斋案头清供的取意所在吧。

一候雁北乡

二候鹊始巢

三候雉始雊

蜡梅在清代陈淏之的《花镜》卷三《花木类考》载：『蜡梅俗作腊梅，一名黄梅。本非梅类，因其与梅同放，其香又相近，色似蜜腊，且腊月开，故有是名。』蜡梅农历十月即可开花，故称早梅。花开之时枝干枯瘦，又名干枝梅。蜡梅中最名贵的品种是素心蜡梅，花被纯黄，有浓香，甚清冽。可惜的是，现在常见的蜡梅品种为狗牙梅，其花瓣尖而形较小，香气淡，因其花九出，又称九英梅。

【小寒】

蜡梅，一缕寒香素心开

宋·陆游

荀秀才送蜡梅十枝奇甚，为赋此诗

与梅同谱又同时，我为评香似更奇。
痛饮便判千日醉，清狂顿减十年衰。
色疑初割蜂脾蜜，影欲平欺鹤膝枝。
插向宝壶犹未称，合将金屋贮幽姿。

新年伊始，路过莘庄公园，一缕寒香若有若无，循香找去，一树蜡梅绽放，逆光下黄灿灿甚是雅致。

蜡梅开，小寒至。

元代吴澄所撰《月令七十二候集解》中，节气小寒三候为：雁北乡、鹊始巢、雉始雊。其初候“雁北乡”之“乡”应读“向”，即北归回家之意。小寒三候有一个共同的特征，就是得气机之先的禽鸟归巢现象。无论是雁北乡、鹊始巢还是雉始雊，回家、筑巢、求偶，都是为了家庭的安定与种族的繁衍。

《素问·六节藏象论》曰：“五日谓之候，三候谓之气，六气谓之时，四时谓之岁。”每年从小寒到谷雨这八个节气间共有二十四候，每候都有应时花卉绽放，便有“二十四番花信风”之说，所谓花信风，即物候学中的风候，明代王逵《蠡海集·气候》中载：“一月二气六候，自小寒至穀雨，凡四月八气二十四候，每候五日以一花之风信应之，世所异言曰，始于梅花，终于楝花也。详而言之，小寒一候梅花，二候山茶，三候水仙。大寒一候瑞香，二候兰花，三候山矾。立春一候迎春，二候樱桃，三候望春。雨水一候菜花，二候杏花，三候李花。惊蛰一候桃花，二候棣棠，三候蔷薇。春分一候海棠，

作者：严舒雯
花器：兽耳衔环铜方尊
花材：蜡梅、牡丹、松枝、叶兰、菖蒲叶

二候梨花，三候木兰。清明一候桐花，二候麦花，三候柳花。谷雨一候牡丹，二候荼蘼。三候楝花，花竟则立夏矣。”明代诗人费元禄依据王逵的二十四番花信风花名于次序，每花题诗一首，著《花信风诗二十四首》。由此可见，所谓花信，其实就是春信，以花报春信。

古人在二十四番花信风中，小寒三候是：一候梅花；二候山茶；三候水仙皆为文人冬令案头赏玩的岁朝清供。这小寒之梅实际上指的是蜡梅，梅花花期要迟于蜡梅，大约在立春前后，而蜡梅才是真正在小寒时节绽放的花木。

蜡梅在清代陈淏之《花镜》卷三《花木类考》载：“蜡梅俗作腊梅，一名黄梅。本非梅类，因其与梅同放，其香又相近，色似蜜腊，且腊月开，故有是名。”蜡梅农历十月即可开花，故称早梅。花开之时枝干枯瘦，又名干枝梅。蜡梅中最名贵的品种是素心蜡梅，花被纯黄，有浓香，甚清冽。可惜的是，现在常见的蜡梅品种为狗牙梅，其花瓣尖而形较小，香气淡，因其花九出，又称九英梅。

狗牙盛，素心稀。这似乎也映射了时风之堕落。清纪晓岚在其《阅微草堂笔记》中对素心释曰：“心如枯井，波澜不生，富贵亦不睹，饥寒亦不知，利害亦不计，此为素心者也。”在物欲横流的时下，能做一个素心之人，如素心蜡梅般的格调，坚守一份简淡恬静、安贫乐道的生活，芬芳自心，恬然自我，游戏世间，这恐怕比植物园里的素心蜡梅还要稀罕。但在社会上很小众的旧式文人隐士中，蜡梅仍是表达其格调与德行的花神。明末清初文学家李渔便以花为命：“春以水仙、兰花为命，夏以莲为命，秋以海棠为命，冬以蜡梅为命。无此四花，是无命也。”

《菜根谭》中说：“交友须带三分侠气，做人要存一点素心。”小寒节气，阳气初生，正是养生进补之时，补点素心与侠气，对现在营养过剩但心力虚耗的年轻人似更应时应景。都市里繁忙的人们不妨抽一丁点时间，去公园散散步，赏赏蜡梅，品味一下蜡梅的人文内涵与德行表意，这也是小寒进补的

绿萼梅

宫粉梅

红梅

一种办法。

蜡梅将谢时，即是梅花初绽时。

梅花属于蔷薇目蔷薇科杏属的花木，从现代植物学角度而言，梅花与蜡梅既不同目，也不同科，更不同属。梅花品种多达三百余种，花色繁多，有紫红、粉红、翠绿、淡黄、纯白等，代表品种有宫粉梅、朱砂梅、绿萼梅、玉蝶梅、江梅、洒金梅等。

南宋文人范成大《梅谱》序中言："梅天下尤物，无问智贤愚不肖，莫敢有异议。学圃之士必先种梅，且不厌多。他花之有无多少，皆不系重轻……梅以韵胜、以格高，故以横斜疏瘦与老枝怪奇者为贵。"宋代诗人陈亮的《梅花》诗云："疏枝横玉瘦，小萼点珠光，一朵忽先变，百花皆后香，欲传春信息，不怕雪埋藏，玉笛休三弄，东君正主张。"将梅花"清、奇、疏、瘦、香"这几大特征生动的描摹于笔下。

明代奇人刘基（伯温）撰《梅颂》曰："吴兴章仲文筑室花溪之上，环植梅焉，命之曰：梅花之庄。予与仲文交敬，其好学而知德也，知其有取于物不徒矣，乃效屈子颂橘之体而作颂曰：朱方之秀，梅实硕兮，含章而贞。受命独兮，扶疏萧森。清以直兮，元冰冱寒。不挠其节兮，玉之洁兮、夷之特兮、闭而发兮、芳郁烈兮、黄中绛跗。美而完兮，丽而不淫。物莫能干兮，冬荣夏实。含阴阳兮，青黄累离。以和羹兮，文质彬彬。德之仪兮，君子之象。君子之宜兮。"历代文人对梅的赞咏描绘难以计数，仅在《全宋诗》的 27 万首诗中，就有 4700

多首与梅花相关。收录近 2 万首词的《全宋词》中，咏梅词也有 1120 首之多。1929 年，国民政府认为梅花是“民族精神”的象征，提议将梅花定为国花。

梅花作为传统插花的主要题材之一，最宜梅瓶插一枝梅。

金润《瓶花谱 · 入类》道：“梅乃花之魁也。凡折枝不用太繁，一枝为贵。择其有韵格古怪，苍藓、鳞皴、者，宜古铜瓶贮之。然盛寒，铜亦绽裂，则用汤入盐少许。将花折际火燎之，次则用泥固济，仍用纸塞瓶口，无不盛开。城中士夫多爱梅，市之者或不开，盖因折后经宿故也。若其红梅千叶绿干者，谓宫梅，尤为贵。《细花谱》云：蜡梅本非梅品，时同香似，故亦类之。尖瓣单叶者谓狗蝇梅，最下。盖因子种所出，不经接，故其花疏。凡物接者，则子实而多，取其阴阳配合之义也。唯檀香梅最先开，心紫香浓，此品为佳。亦有绿萼梅，千叶白者，俗呼为玉蝶梅，皆有可爱，法制如前。或留枯枝，剪佳纸为早梅，是亦所谓不可居无竹之意也。宜用窑器胆瓶，最便纸帐中、几上所玩。或人插梅，间以松竹，取成三友，予恐伤繁，不用可也。”瓶插梅花时要注意，煮肉汤撇去浮油后，入瓶养梅花，花期可保持得更久。

梅花除了折枝瓶赏，梅桩则是传统园林与盆景中的品类之重。与南宋范成大所撰《梅谱》相呼应的张镃所撰《梅品》中写道，他得曹氏荒圃于南湖之滨，占地约十亩，有数十株古梅散落其间。他将它们移栽成行，又从西湖北山的另一处园圃中移来三百余株红梅，还建了几间堂屋来面对它们，又在东侧种了千叶湘梅，西侧种了红梅，各有一二十株。梅花盛开时，居住其中，四周洁净明亮，交相辉映，夜晚如同对着明月，因此将其命名为“玉照堂”。并审视梅花的性情与审美，列举了花宜称、憎嫉、荣宠、屈辱四事，总计五十八条，挂在堂上，让来的人有所警觉并反省。其中，最宜赏梅的情景有二十六条：“为淡阴；为晓日；为薄寒；为细雨；为轻烟；为佳月；为夕阳；为微雪；为晚霞；为珍禽；为孤鹤；为清溪；为小桥；为竹边；为松下；为明窗；为疏篱；为苍崖；为绿苔；为铜瓶；为纸帐；为林间吹笛；为膝上横琴；

为石枰下棋；为扫雪煎茶；为美人淡妆簪戴。”

培植梅桩盆景自宋元迄今，经过近千年的发展，形成了以歙县卖花渔村为代表的游龙梅桩；扬州的疙瘩梅桩；还有梅树形似花篮的提篮梅桩；苏州的屏风式、垂枝式与辟干式梅桩，以及北京丰台花乡的屏风梅桩等传统的盆梅树形。

其实，无论是蜡梅也好，梅花也罢；瓶梅也好，梅桩也罢，文人钟爱它，其理由无他：清高而已。

宫粉梅桩盆景
收藏者：台州梁园
图片提供：刘启华

一候鸡始乳

二候征鸟厉疾

三候水泽腹坚

兰花『春化』让我想起一句民谚：『夏练三伏，冬炼三九。』人需要历经磨砺方能成才，花亦如是。从小雪至大寒，是兰花的最佳春化时期，春化时间一般不能低于一个月，冬至到大寒这段时间尤为重要，此时，有花芽的春兰不能放在室内，否则开春后花芽便可能腐烂。

如璟 摄

【大寒】
兰花，历寒方显王者香

宋·戴复古

家居复有江湖之兴

寒儒家舍只寻常，破纸窗边折竹床。
接物罕逢人可语，寻春多被雨相妨。
庭垂竹叶因思酒，室有兰花不炷香。
到底闭门非我事，白鸥心性五湖傍。

节气大寒是一年中最冷的时节到了，要适当多吃一些温散风寒的食物以防风寒邪气侵袭。

大篆“好”

大寒三候中，初候“鸡始乳”所指为禽类的体内感通自然阳能之势渐可克阴，而开始准备孵卵育雏，这即是家和兴盛繁衍之喻。在汉字中，“好”这个字很有意思，我们看插图上的大篆“好”字，是否与现代生物学上男性女性的符号♂♀极为相似？

现代生物学中，♂是象征男性的符号，圆圈代表永恒，箭头代表强烈的精力，也是火星守护神战神 Mars 的象征符号。♀是象征女性的符号，圈圈的部份像镜子，下面的十字则代表了手，也是金星守护神 Venus 的象征符号。而汉字的“好”就是男与女最直观的结合。无论是东方的汉字文化还是西方的生物科学，都在传达同一个表意：男女和合即好。这个好，代表了和谐、繁衍、平衡与秩序。鸡始乳，则说明，日见“好”。

大寒二候“征鸟厉疾”。《月令七十二候集解》一书中载：“征鸟厉疾。征，

花名：春兰汪字
花盆：清末宜钧釉紫砂兰盆
莳花、摄影：东门

伐也，杀伐之鸟，乃鹰隼之属。至此而猛厉迅疾也”。雌鸟孵卵育雏，雄鸟杀伐备食，各得其位，这才是“好”的本意。如果我们把“好”字左右的“女、子”两个偏旁颠倒一下位置，这个“好”还成立吗？就如小寒之“安”的家有贤妻为“安”相同，家和万事兴，各司本分，到位而不越位则为“好”。

大寒三候“水泽腹坚”。此候于北方河流湖泊方可见。《月令七十二候集解》释：“冰之初凝，水面而已，至此则彻上下皆凝，故云腹坚，腹犹内也。”外寒至极物极必反，“反者，道之动也。”《黄帝阴符经》中这句话用于此时蛮合适，所谓“冬炼三九”之炼是火字旁的炼也是这个道理。一年到头，家人间一切磕磕碰碰的烦恼、抱怨、不愉快，尽可在大寒时节化解于“一锅肉、一壶酒，老婆、孩子、热炕头”中，家庭和睦的修炼时机正在于此。

在《逸周书·时训解第五十二》篇中道：“鸡不始乳，淫女乱男。征鸟不厉，国不除兵。水泽不腹，坚言乃不从。”意思说的很直白，不用解释，男女不安本分、岗位不司其职、上下言而无信，结果会“好”吗？《逸周书》是先秦典籍，对

宋 佚名《秋兰绽蕊图》故宫博物院 藏

宋梅

惜春

秋水芙蓉

莳花、摄影 东门

照今天的社会的各种现象与节气物候相对应，会不会让你吃惊为何这么准？其实很简单，节气的气与心气、情绪的气会互相影响的，所谓天人合一、感应道并不是迷信、不是比喻或者象征，是古人细致入微长时间观察积累的经验所得。

在二十四番花信风中，大寒一候瑞香，二候兰花，三候山矾，虽均有清香，唯兰花被称为王者香。这个被称为“王者香”的兰花，到底是哪种兰，这还是有争议的。自春秋战国到魏晋时期，诗词吟咏的兰为菊科植物佩兰，但宋明之际，就成了春兰。在北京永定门至天坛南门的南护城河北岸竖起的二十四节气柱顶端的物候花中，大寒的节气花种兰花就是春兰。但无论是菊科的佩兰，还是兰科的春兰，从人文价值来说，一脉相承的被赋予了清高不群的人格魅力：德行高雅，坚持操守，淡泊自足，独立不迁。兰花入画，是考验画家笔墨功夫的花卉题材。在传统文人的书斋中，兰与菖蒲是必不可少的标配。

兰花在中国有千余年的栽培历史，是中国十大传统名花之一。兰花品种繁多，全球约有八百个属，超过两万个种，为历代文人所钟爱的有春兰、蕙兰、

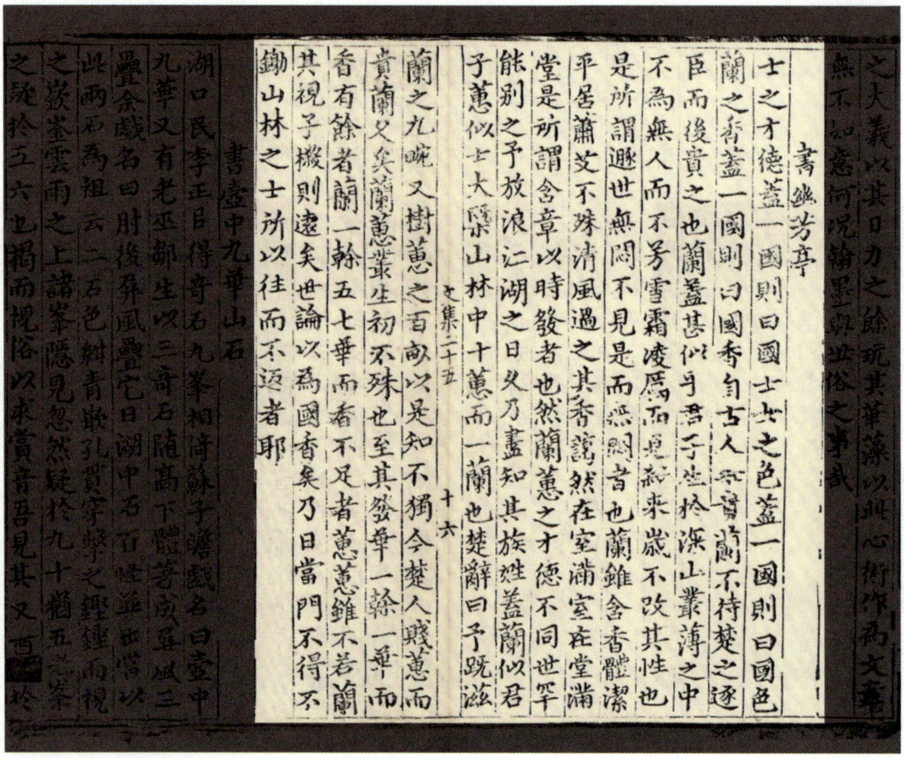
書幽芳亭
士之才德蓋一國則曰國士女之色蓋一國則曰國色
蘭之香蓋一國則曰國香自古人知貴蘭不待楚之逐
臣而後貴之也蘭蓋甚似乎君子生於深山叢薄之中
不爲無人而不芳雪霜凌厲而見殺來歲不改其性也
是所謂遯世無悶不見是而無悶者也蘭雖含香體潔
平居蕭艾不殊清風過之其香藹然在室滿室在堂滿
堂是所謂含章以時發者也然蘭蕙之才德不同世罕
能別之予放浪江湖之日久乃盡知其族姓蓋蘭似君
子蕙似士大槩山林中十蕙而一蘭也楚辭曰予既滋
文集二十五　十六
蘭之九畹又樹蕙之百畝以是知不獨今楚人賤蕙而
貴蘭久矣蘭蕙叢生初不殊也至其發華一榦一華而
香有餘者蘭一榦五七華而香不足者蕙蕙雖不若蘭
其視椒則遠矣世論以爲國香矣乃曰當門不得不
鋤山林之士所以往而不返者耶

《豫章黄先生文集》卷二十五　《书幽芳亭》书影

建兰、墨兰、寒兰等种类。《豫章黄先生文集》卷二十五录有一篇《书幽芳亭记》，黄庭坚在文中写道：“兰蕙丛出，莳以砂石则茂，沃以汤茗则芳，是所同也。至其发花，一干一花而香有余者兰，一干五七花而香不足者蕙。蕙虽不若兰，其视椒则远矣，世论以为国香矣。”这是春兰和蕙兰区别的最初标准。自南宋赵时庚撰《金漳兰谱》至今，历代文人编撰的兰花著作达四十余部。明代文人王象晋的《群芳谱》中写道：“兰幽香清远馥，郁袭衣弥旬不歇，常开于春初虽冰霜之后，高深自如，故江南以兰为香。祖又云：兰无偶称为第一，香紫梗青花为上，青梗青花次之，紫梗紫花又次之，馀不入品。”这是品鉴兰花的窍诀。

对于兰花的栽培，《金漳兰谱·天下养爱第三》中道：“天不言而四时行，百物生者何？盖岁分四时，生六气，合四时而言之，则二十四气以成其岁功。故凡穹壤者皆物也，不以草木之微、昆虫之细而必欲各遂其性者，则在乎人，因以气候而生全之者也，被动植者，非其恩乎？”《第一香笔记》卷三防护杂说中云：“春避风雨，夏避酷日，秋避燥烈，冬避冻结，无论兰蕙，皆宜如此。”明代文人高濂的《遵生八笺·燕闲清赏笺》中录有一篇《弦雪居重订逐月护兰诗诀》写道：“正月相宜置坎方，好将枝叶趁阳光，更须避冷藏檐内，勿使春风雪打伤。二月须令竹作阑，风摧叶变鹧鸪斑，庭前移进还移出，避雪迎阳护更难。三月新条出旧丛，此时却更怕西风，堤防地湿多生虱，根下休教壅着浓。四月盆泥日晒焦，微微著水灌根苗，先须皮浸河池水，煎过浓茶亦可浇。五月新抽叶更青，树阴竹底架高檠，须防蚁穴根窠下，老叶凋残尽莫惊。六月骄阳暑正炎，青青新叶怕烦煎，却宜树底并遮箔，清晓须教水接连。七月虽然暑渐消，更须三日一番浇，却防蚯蚓伤根本，肥水还令和溺调。八月西风天气凉，任他风雨又何妨，便浇粪水能肥叶，鸡粪壅根花更香。九月将残防早霜，阶前南向好安藏，若生白蚁兼黄蚁，叶洒鸡油庶不伤。十月阳生煖气回，明年花蕊已胚胎，玉茎不露须培土，盆满秋深急换栽。子月庭中宜向阳，更宜笼罩土埋缸，若还在外根须湿，干燥须知叶要黄。腊月风高冰雪寒，却宜高卧竹为龛，直教二月阳和日，梦醒教君始出看。”

养兰花需要“春化”，是指兰花生长期间必须要经历的低温阶段，它对于促进花蕾的膨大生长具有不可替代的作用，只有经历充分春化的兰花，才能绽放清雅悠远的王者之香。从小雪至大寒期间，是兰花的最佳春化时期，春化时间一般不能低于一个月，冬至到大寒这段时间尤为重要，此时，有花芽的春兰不能放在室内，否则开春后花芽便可能腐烂。所以，《弦雪居重订逐月护兰诗诀》道：“腊月风高冰雪寒，却宜高卧竹为龛，直教二月阳和日，梦醒

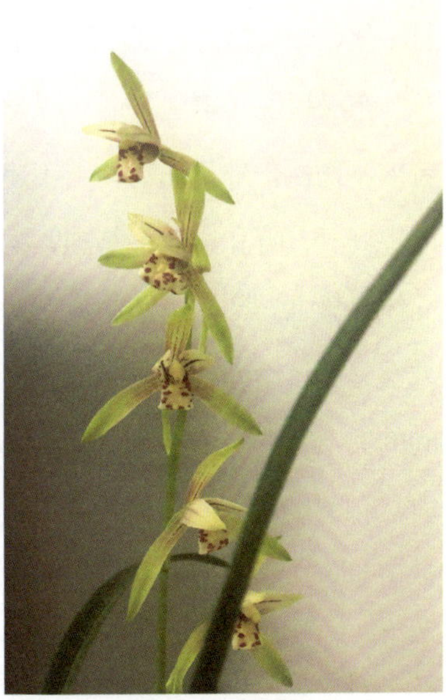
蕙兰 董春洁 摄

教君始出看。”腊月兰花卧竹为龛，这倒是比现代人所说的春化更富有诗意。

唐黄檗希运禅师上堂开示颂曰：“尘劳迥脱事非常，紧把绳头做一场。不经一番寒彻骨，怎得梅花扑鼻香。”其实，无论是梅花也好，兰花也罢，这一缕寒香还真的都是要历寒而得。

兰花的“春化”让我想起一句民谚：“夏练三伏，冬炼三九”人也是需要历经磨砺方能成才。“夏练三伏练身，冬炼三九炼心。”相信很多人忽略了冬夏所练之不同。夏练是绞丝旁的练，与身体的锻炼有关；冬炼是火字旁的炼，实为补气炼心之炼。所谓三冬进补，亦是指积蓄气血能量，而不是消耗式的运动锻炼。所以，药王孙思邈在其《十二月修养法》中道：“是月土旺，水气不行，宜减甘增苦，补心助肺，调理肾藏，勿冒霜雪，勿泄津液及汗。”大寒时节要谨慎户外锻炼，防止出汗伤阳。年轻人体质好，锻炼锻炼没有什么感觉，上了年纪的人冬天锻炼就容易出毛病，更何况大寒前后天气干燥浮尘较多，空气质量不佳，户外锻炼的话千万要小心。

东汉荀悦《申鉴》道：“学必至圣，可以尽性；寿必用道，所以尽命。仁者内不伤性，外不伤物；上不违天，下不违人；处正居中，形神以和。食和羹以平其气，听和声以平其志，纳和言以平其政，履和行以平其德，故咎征不至而休嘉集之。”这段话的大意为：“学习做人应当效法圣贤，这才具备完善的人性之美；珍爱生命应该遵循自然规律，如此才能够受享天年。重视人与人之间的关系，才能不损害自己的人性品格，不伤害所处环境中的人和物。与天地自然和谐相处，居心中正不偏，就能够身和心安。饮食以五味平衡的羹类为主，就可避免情绪的波动；所听的声音不过于刺激，就不会有冲动的欲求；能够善于倾听别人的意见，对自己的思考、判断与正确处理问题的能力会有所提升；做事不偏不倚则能够涵养自己的道德，因此就不会惹祸上身，诸善祥集。”此语没有任何故弄玄虚的言语，句句朴实而深刻，可算是大寒的一剂补药，所谓圣贤之德、王者之香、君子之风皆在其中了，不妨细细品之。

花名：宋梅
花盆：翠安豆青釉兰盆
莳花、摄影：东门

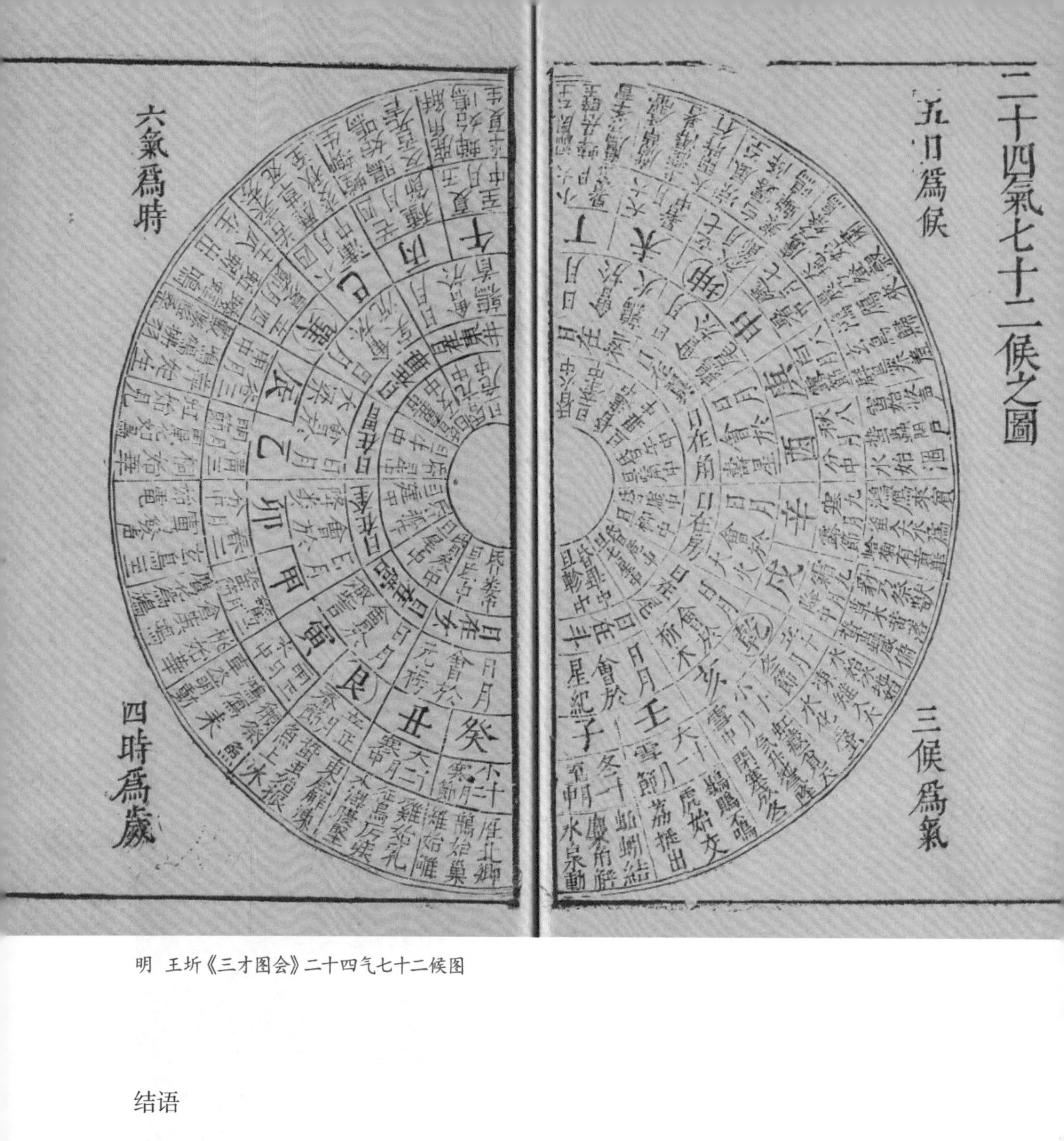

明 王圻《三才图会》二十四气七十二候图

结语

斗转星移，日月轮转。岁时花事，乃天地造化，自然节律的直观呈现。春花秋月，夏绿冬凋，顺以天时，和之地气，方能木荣花茂。而世事迁变，人生起伏，皆寓其中矣。传统文化中的“天人合一”，不正是这人与自然之和谐共生，相互依存的基本原则吗？

岁时花事不仅仅是瓶花的插制与赏玩。其内容蕴含了莳花弄草、盆景养护、园林营造、诗词艺文，既寓匠心，又显文心。

宋代陶谷撰《清异录》“花九锡”条目所录当是关于赏花活动的最早记载了：“《警忘录》载罗虬撰《花九锡》，然亦须兰、蕙、梅、莲辈，乃可披襟，若夫容、踯躅、望仙山木野草，直惟阿耳尚锡之云乎？重顶帷（障风）。金错刀（剪折）。甘泉（浸）。玉缸（贮）。雕文台座（安置）。画图。翻曲。美醑（赏）。新诗（咏）。”文中所录的赏花九事包括：挡风遮雨的帷幔；剪枝修叶的剪刀；浸养花束的泉水；插贮花卉的容器；放置瓶花的台坐；描绘瓶花的图画；赏花时弹奏优雅的乐曲；茶酒饮宴赏花；赏花后为花作诗吟诵。而这九件赏花乐事，“需是如兰花、蕙草、梅花、莲花般高雅的花卉，这才值得令人心情舒畅地去欣赏。至于像芙蓉、杜鹃、望仙山这些山野杂卉，难道也值得这九锡之赏吗？”如此看，花事中的高下伦理与人事无二无别。

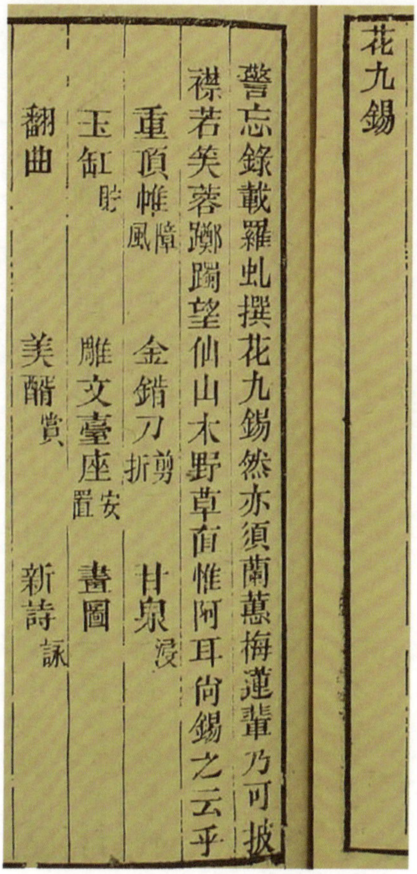
花九錫
警忘錄載羅虬撰花九錫然亦須蘭蕙梅蓮輩乃可披
襟若芙蓉躑躅望仙山木野草直惟阿耳尚錫之云乎
重頂帷障風　金錯刀剪折　甘泉浸
玉缸貯　雕文臺座安置　畫圖
翻曲　美醑賞　新詩詠

宋 陶谷《清异录》花九锡

中华文化同理同气。所谓“经史合参，六经注我”，在文史哲不分家的传统学问里，以整体整观的眼光看岁时花事、岁时香事等任何一门雕虫小技之中，也都万法归一，花事见人事，从细节里窥见人性与世事的为人之道与炼心之法。

以花木为友，以自然为师，可知天地之大美，可由此中领悟宇宙人生之真谛，趣在其中，乐亦在其中矣。

冬令花序总表

节气	花木	物候	
立冬 阳历 11 月 6 日 -8 日	木芙蓉 蟹爪兰 香橼果	一候	水始冰
		二候	地始冻
		三候	雉入大水为蜃
小雪 阳历 11 月 21 日 -23 日 亥月中气	大丽花 象牙红 枸骨果	一候	虹藏不见
		二候	天气上升地气下降
		三候	闭塞而成冬
大雪 阳历 12 月 6 日 -8 日	水仙 仙客来 佛手果	一候	鹖鴠不鸣
		二候	虎始交
		三候	荔挺出
冬至 阳历 12 月 21 日 -23 日 子月中气	山茶 茶梅 南天竹	一候	蚯蚓结
		二候	麋角解
		三候	水泉动
小寒 阳历 1 月 6 日 -8 日	蜡梅 炮仗花 风信子	一候	雁北乡
		二候	鹊始巢
		三候	雉始雊
大寒 阳历 1 月 21 日 -23 日 丑月中气	兰花 瑞香 山矾	一候	鸡始乳
		二候	征鸟厉疾
		三候	水泽腹坚

附录

瓶史

明·袁宏道

瓶花引

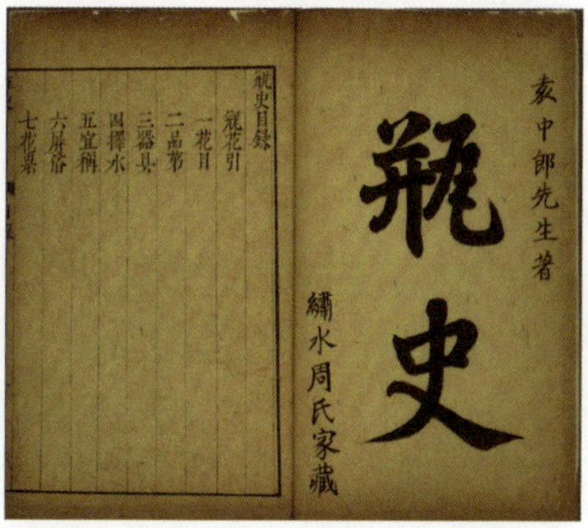

夫幽人韵士，屏绝声色，其嗜好不得不钟于山水花竹。夫山水花竹者，名之所不在，奔竞之所不至也。天下之人，栖止于嚣崖利薮，目眯尘沙，心疲计算，欲有之而有所不暇。故幽人韵士得以乘间，而踞为一日之有。夫幽人韵士者，处于不争之地，而以一切让天下之人者也。惟夫山水花竹，欲以让人，而人未必乐受，故居之也安，而踞之也无祸。嗟夫！此隐者之事，决烈丈夫之所为，余生平企羡而不可必得者也。幸而身居隐见之间，世间可趋可争者既不到，余遂欲欹笠高岩，濯缨流水，又为卑官所绊，仅有栽花种竹一事，可以自乐。而邸居湫隘，迁徙无常，不得已乃以胆瓶贮花，随时插换。京师人家所有名卉，一旦遂为余案头物。无扦剔浇顿之苦，而有味赏之乐。取者不贪，遇者不争，是可述也。噫！此暂时快心事也，无狃以为常，而忘山水之大乐，石公记之。凡瓶中所有品目，条列于后，与诸好事而贫者共焉。

石工袁宏道 题

一、花目

燕京天气严寒，南中名花多不至。即有至者，率为巨珰大畹所有，儒生寒士无因得发其幕，不得不取其近而易致者。夫取花如取友，山林奇逸之士，族迷于鹿豕，身蔽于丰草，吾虽欲友之而不可得。是故通邑大都之间，时流所共标共目，而指为隽士者，吾亦欲友之，取其近而易致也。余于诸花取其近而易致者：入春为梅，为海棠；夏为牡丹，为芍药，为安石榴；秋为木樨，为莲、菊；冬为蜡梅。

一室之内，荀香何粉，迭为宾客。取之虽近，终不敢滥及凡卉，就使乏花，宁贮竹柏数枝以充之。“虽无老成人，尚有典刑。”岂可使市井庸儿，溷入贤社，贻皇甫氏充隐之嗤哉？

二、品第

汉宫三千，赵姊第一；邢、尹同幸，望而泣下。故知色之绝者，蛾眉未免俛首。物之尤者，出乎其类。将使倾城与众姬同辇，吉士与凡才并驾，谁之罪哉？

梅以重叶、绿萼、玉蝶、百叶缃梅为上。海棠以西府、紫绵为上。牡丹以黄楼子、绿蝴蝶、西瓜瓤、大红、舞青猊为上。芍药以冠群芳、御衣黄、宝妆成为上。榴花深红、重台为上。莲花碧台、锦边为上。木樨毬子、早黄为上。菊以诸色鹤翎、西施、剪绒为上。蜡梅磬口香为上。诸花皆名品，寒士斋中理不得悉致，而余独叙此数四种者，要以判断群菲，不欲使常闺艳质杂诸奇卉之间耳。夫一字之褒，荣于华衮，今以蕊宫之董狐，定华林之《春秋》，安得不严且慎哉！孔子曰：“其义则某窃取之矣。”

三、器具

养花瓶亦须精良。譬如玉环、飞燕，不可置之茅茨；又如嵇、阮、贺、李，不可请之酒食店中。

尝见江南人家所藏旧觚，青翠入骨，砂斑垤起，可谓花之金屋。其次官、哥、象、定等窑，细媚滋润，皆花神之精舍也。

大抵斋瓶宜矮而小，铜器如花觚、铜觯、尊罍、方汉壶、素温壶、匾壶，

白釉梅瓶

青釉纸槌瓶

青釉荸荠瓶瓶

窑器如纸槌、鹅颈、茄袋、花樽、花囊、蓍草、蒲槌，皆须形制短小者，方入清供。不然，与家堂香火何异？虽旧亦俗也。然花形自有大小，如牡丹、芍药、莲花，形质既大，不在此限。

尝闻古铜器入土年久，受土气深，用以养花，花色鲜明如枝头，开速而谢迟，就瓶结实，陶器亦然，故知瓶之宝古者，非独以玩。然寒酸之士，无从致此，但得宣、成等窑磁瓶各一二枚，亦可谓乞儿暴富也。冬花宜用锡管，北地天寒，冻冰能裂铜，不独磁也。水中投硫黄数钱亦得。

四、择水

京师西山碧云寺水、裂帛湖水、龙王堂水，皆可用。一入高梁桥，便为浊品。凡瓶水须经风日者。其他如桑园水、满井水、沙窝水、王妈妈井水，味虽甘，养花多不茂。苦水尤忌，以味特咸，未若多贮梅水为佳。贮水之法：初入瓮时，以烧热煤土一块投之，经年不坏。不独养花，亦可烹茶。

五、宜称

插花不可太繁，亦不可太瘦。多不过二种、三种，高低疏密，如画苑布置方妙。置瓶忌两对，忌一律，忌成行列，忌以绳束缚。夫花之所谓整齐者，正以参差不伦，意态天然。如子瞻之文，随意断续；青莲之诗，不拘对偶，此真整齐也。若夫枝叶相当，红白相配，以省曹墀下树，墓门华表也，恶得为整齐哉。

六、屏俗

室中天然几一、藤床一。几宜阔厚，宜细滑。凡本地边栏漆桌、描金螺钿床，及彩花瓶架之类，皆置不用。

七、花祟

花下不宜焚香，犹茶中不宜置果也。夫茶有真味，非甘苦也；花有真香，非烟燎也。味夺香损，俗子之过。且香气燥烈，一被其毒，旋即枯萎，故香为花之剑刃。棒香、合香尤不可用，以中有麝脐故也。昔韩熙载谓木樨宜龙脑，荼蘼宜沉水，兰宜四绝，含笑宜麝，薝卜宜檀。此无异笋中夹肉，官庖排当所为，非雅士事也。

至若烛气煤烟，皆能杀花，速宜屏去。谓之花祟，不亦宜哉？

八、洗沐

京师风霾时作，空窗净几之上，每一吹号，飞埃寸余。瓶君之困辱，此为最剧，故花须经日一沐。夫南威、青琴，不膏粉，不栉泽，不可以为姣。今以残芳垢面秽肤，无刻饰之工，而任尘土之质，枯萎立至，吾何以观之哉？

夫花有喜怒、寤寐、晓夕。浴花者得其候，乃为膏雨。澹云薄日，夕阳佳月，花之晓也。狂号连雨，烈焰浓寒，花之夕也。唇檀烘日，媚体藏风，花之喜也。晕酣神敛，烟色迷离，花之愁也。欹枝困槛，如不胜风，花之梦也。嫣然流盼，光华溢目，花之醒也。晓则空庭大厦，昏则曲房奥室，愁则屏气危坐，喜则欢呼调笑，梦则垂帘下帷，醒则分膏理泽，所以悦其性情，时其起居也。浴晓者上也，浴寤者次也，浴喜者下也。若夫浴夜、浴愁，直花刑耳，又何取焉？

浴之之法：用泉甘而清者，细微浇注，如微雨解酲，清露润甲。不可以手触花，及指尖折剔，亦不可付之庸奴猥婢。浴梅宜隐士，浴海棠宜韵致客，浴牡丹、芍药宜靓妆妙女，浴榴宜艳色婢，浴木樨宜清慧儿，浴莲宜道流，浴菊宜好古而奇者，浴蜡梅宜清瘦僧。然寒花性不耐浴，当以轻绡护之。标格既称，神彩自发，花之性命可延，宁独滋其光润也哉？

九、使令

花之有使令，犹中宫之有嫔御，闺房之有妾媵也。夫山花草卉，妖艳实多，弄烟惹雨，亦自便嬖，恶可少哉？梅花以迎春、瑞香、山茶为婢。海棠以苹婆、林檎、丁香为婢。牡丹以玫瑰、蔷薇、木香为婢。芍药以罂粟、蜀葵为婢。石榴以紫薇、大红千叶木槿为婢。莲花以山矾、玉簪为婢。木樨以芙蓉为婢。菊以黄白山茶、秋海棠为婢。蜡梅以水仙为婢。

诸婢姿态各盛一时，浓淡雅俗亦有品评。水仙神骨清绝，织女之梁玉清也。山茶鲜妍，瑞香芬烈，玫瑰旖旎，芙蓉明艳，石氏之翔风，羊家之净琬也。林檎、苹婆姿媚可人，潘生之解愁也。罂粟、蜀葵妍于篱落，司空图之鸾台也。山矾洁而逸，有林下气，鱼玄机之绿翘也。黄白茶韵胜其姿，郭冠军之春风也。丁香瘦，玉簪寒，秋海棠娇，然而有酸态，郑康成、崔秀才之侍儿也。其他不能一一比像。要之，皆有名于世，柔佞纤巧，颐气有余，何至出子瞻《榴花》、乐天《秋草》下哉！

十、好事

嵇康之锻也，武子之马也，陆羽之茶也，米颠之石也，倪云林之洁也，皆以癖而寄其磊块俊逸之气者也。

余观世上语言无味、面目可憎之人，皆无癖之人耳。若真有所癖，将沉湎酣溺、性命死生以之，何暇及钱奴宦贾之事？

古之负花癖者，闻人谈一异花，虽深谷峻岭，不惮蹶躄而从之。至于浓寒盛暑，皮肤皴鳞，污垢如泥，皆所不知。

一花将萼，则移枕携幞，睡卧其下，以观花之由微至盛，至落，至于萎地而后去。

或千株万本以穷其变，或单枝数房以极其趣，或嗅叶而知花之大小，或见根而辨色之红白，是之谓真爱花，是之谓真好事也。若夫石公之养花，聊以破闲居孤寂之苦，非真能好之也。夫使其真好之，已为桃花洞口人矣，尚复为人间尘土之官哉？

十一、清赏

茗赏者上也，谭赏者次也，酒赏者下也。

若夫内酒越茶及一切庸秽凡俗之语，此花神之深恶痛斥者，宁闭口枯坐，勿遭花恼可也。

夫赏花有地有时，不得其时而漫然命客，皆为唐突。寒花宜初雪，宜雪霁，宜新月，宜暖房。温花且晴日，宜轻寒，宜华堂。暑花宜雨后，宜快风，宜佳木荫，宜竹下，宜水阁。凉花宜爽月，宜夕阳，宜空阶，宜苔径，宜古藤巉石边。若不论风日，不择佳地，神气散缓，了不相属，此与妓舍酒馆中花何异哉？

十二、监戒

宋张功甫《梅品》，语极有致，余读而赏之，拟作数条，揭于瓶花斋中。

花快意凡十四条：明窗、净几、古鼎、宋砚、松涛、溪声、主人好事能诗、门僧解烹茶、蓟州人送酒、座客工画花卉盛开、快心友临门、手抄艺花书、夜深炉鸣、妻妾校花故实。

花折辱凡二十三条：主人频拜客、俗子阑入、蟠枝、庸僧谈禅、窗下狗斗、莲子胡同、歌童弋阳腔、丑女折戴、论升迁、强作怜爱、应酬诗债未了、盛开家人催算账、检《韵府》押字、破书狼藉、福建牙人、吴中赝画、鼠矢、蜗涎、僮仆偃蹇、令初行酒尽、与酒馆为邻、案上有黄金白雪、中原紫气等诗。

燕俗尤竞玩赏，每一花开，绯幙云集。以余观之，辱花者多，悦花者少。虚心检点，吾辈亦时有犯者，特书一通座右以自监戒焉。

瓶花谱

明•张谦德

梦蝶斋徒曰：幽栖逸事，瓶花特难解。解之者，亿不得一。厥昔金润龆年述谱，余亦稚龄作是数语。其间孰是孰非，何去何从，解者自有定评，不赘焉。

乙未中秋前二日书

品瓶

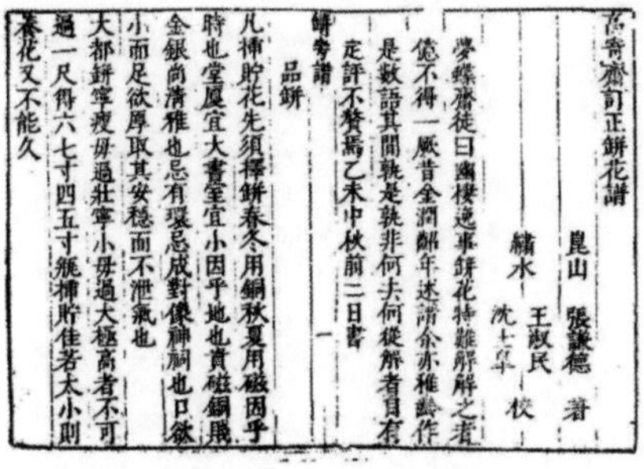
高奇齋訂正缾花譜
崑山　張謙德　著
檇水　王畝民　沈士卓　校
夢蝶齋徒曰幽棲逸事缾花特難解解之者億不得一厥昔金潤齠年述譜余亦稚齡作是數語其間孰是孰非何去何從解者自有定評不贅焉乙未中秋前二日書
缾譜
品缾
凡插貯花先須擇缾春冬用銅秋夏用磁因乎時也堂廈宜大書室宜小因乎地也貴磁銅賤金銀尚清雅也忌有環忌成對像神祠也口欲小而足欲厚取其安穩而不泄氣也
大都缾寧瘦毋過壯寧小毋過大極高者不可過一尺得六七寸四五寸缾插貯佳若太小則養花又不能久

明万历《宝颜堂秘笈》收录的《瓶花谱》

凡插贮花，先须择瓶。春冬用铜，秋夏用磁，因乎时也。堂厦宜大，书室宜小，因乎地也。贵磁铜，贱金银，尚清雅也。忌有环，忌成对，像神祠也。口欲小而足欲厚，取其安稳而不泄气也。

大都瓶宁瘦毋过壮，宁小毋过大。极高者不可过一尺，得六七寸，四五寸瓶插贮，佳。若太小，则养花又不能久。

铜器之可用插花者曰尊、曰罍，曰觚、曰壶。古人原用贮酒，今取以插花，极似合宜。

古铜瓶、钵，入土年久，受土气深，以之养花，花色鲜明如枝头，开速而谢迟，或谢则就瓶结实。若水绣、传世古则尔。陶器入土千年亦然。

古无磁瓶，皆以铜为之。至唐始尚窑器，厥后有柴、汝、官、哥、定，龙泉、均州、章生、乌泥、宣、成等窑，而品类多矣。尚古莫如铜器。窑则柴，汝最贵，而世绝无之。官、哥、宣、定，为当今第一珍品。而龙泉、均州、章生、乌泥、成化等瓶，亦以次见重矣。

瓷器以各式古壶、胆瓶、尊、觚、一枝瓶，为书室中妙品；次则小蓍草瓶、纸槌瓶、圆素瓶、鹅颈壁瓶，亦可供插花之用；余如暗花、茄袋、葫芦样、细口、匾肚，瘦足药坛等瓶，俱不入清供。

古铜壶，龙泉、均州瓶，有极大高三二尺者，别无可用，冬日投以硫黄，斫大枝梅花插供亦得。

品花

《花经》九命升降，吾家先哲（君讳翊）所制，可谓缩万象于笔端，实幻景于片楮矣。今谱瓶花，例当列品，录其入供者得数十种，亦以九品九命次第之。

一品九命

兰，牡丹，梅，梅蜡，各色细叶菊，水仙，滇茶，瑞香，菖阳。

二品八命

蕙，荼蘼，西府海棠，宝珠茉莉，黄白山茶，岩桂，白菱，松枝，含笑，茶花。

三品七命

芍药，各色千叶桃，莲，丁香，蜀茶，竹。

四品六命

山矾，夜合，赛兰，蔷薇，秋海棠，锦葵，杏，辛夷，各色千叶榴，佛桑，梨。

五品五命

玫瑰，薝卜，紫薇，金萱，忘忧，豆蔻。

六品四命

玉兰，迎春，芙蓉，素馨，柳芽，茶梅。

七品三命

金雀，踯躅，枸杞，金凤，千叶李，枳壳，杜鹃。

八品二命

千叶戎葵，玉簪，鸡冠，洛阳，林禽，秋葵。

九品一命

剪春罗，剪秋罗，高良姜，石菊，牵牛，木瓜，淡竹叶。

折枝

折取花枝，须得家园邻圃，侵晨带露，择其半开者折供，则香色数日不减。若日高露晞折得者，不特香不全，色不鲜，且一两日即萎落矣。

凡折花须择枝，或上葺下瘦，或左高右低，右高左低。或两蟠台接，偃亚偏曲。或挺露一干中出，上簇下蕃，铺盖瓶口。取俯仰高下，疏密斜正，各具意态，全得画家折枝花景象，方有天趣。若直枝蓬头花朵，不入清供。

花不论草木，皆可供瓶中插贮。第摘取有二法：取柔枝也，宜手摘取；劲干也，宜剪却。惜花人亦须识得。采折劲枝尚易取巧，独草花最难摘取，非熟玩名人写生画迹，似难脱俗。

插贮

折得花枝，急须插入小口瓶中，紧紧塞之，勿泄其气，则数日可玩。

大率插花须要花与瓶称，令花稍高于瓶。假如瓶高一尺，花出瓶口一尺三四寸；瓶高六七寸，花出瓶口八九寸，乃佳。忌太高，太高瓶易仆；忌太低，太低雅趣失。

小瓶插花宜瘦巧，不宜繁杂。若止插一枝，须择枝柯奇古，屈曲斜袅者。欲插二种，须分高下合插，俨若一枝天生者；或两枝彼此各向，先凑簇像生，用麻丝缚定插之。

瓶花虽忌繁冗，尤忌花瘦于瓶。须折斜欹花枝，铺撒小瓶左右，乃为得体也。 瓶中插花，止可一种、两种，稍过多便冗杂可厌，独秋花不论也。

滋养

凡花滋雨露以生，故瓶中养花，宜用天水，亦取雨露之意。更有宜蜂蜜者，宜沸汤者。清赏之士，贵随材而造就焉。

滋养，第一雨水，宜多蓄听用。不得已则用清净江湖水。井水味咸，养花不茂，勿用。

插花之水，类有小毒，须旦旦换之，花乃可久。若两三日不换，花辄零落。 瓶花每至夜间，宜择无风处露之，可观数日，此天与人参之术也。

事宜

梅花初折，宜火烧折处，固渗以泥。牡丹初折，宜灯燃折处，待软乃歇。薝卜花初折，宜捶碎其根，擦盐少许。荷花初折，宜乱发缠根，取泥封窍。海棠初折，薄荷嫩叶包根入水。除此数种，可任意折插，不必拘泥。牡丹花宜蜜养，蜜仍不坏。竹枝、戎葵、金凤、芙蓉用沸汤插枝，叶乃不萎。

花忌

瓶花之忌，大概有六：一者，井水插贮；二者，久不换水；三者，油手拈弄；四者，猫、鼠伤残；五者，香烟、灯煤熏触；六者，密室闭藏，不沾风露。有一于此，俱为瓶花之病。

护瓶

冬间别无嘉卉，仅有水仙、蜡梅、梅花数种而已。此时极宜敞口古尊、罍插贮，须用锡作替管盛水，可免破裂之患。若欲用小磁瓶插贮，必投以硫黄少许，日置南窗下，令近日色，夜置卧榻旁，俾近人气，亦可不冻。一法：用淡肉汁，去浮油入瓶插花，则花悉开而瓶略无损。

瓶花有宜沸汤者，须以寻常瓶贮汤插之，紧塞其口，候既冷，方以佳瓶盛雨水易却，庶不损瓶。若即用佳瓶贮沸汤，必伤珍重之器矣，戒之。

瓶史月表

明·屠本畯

正月：花盟主　梅花　宝珠茶

　　　花客卿　山茶　铁干海棠

　　　花使令　瑞香　报春　木瓜

二月：花盟主　西府海棠　玉兰　绯桃

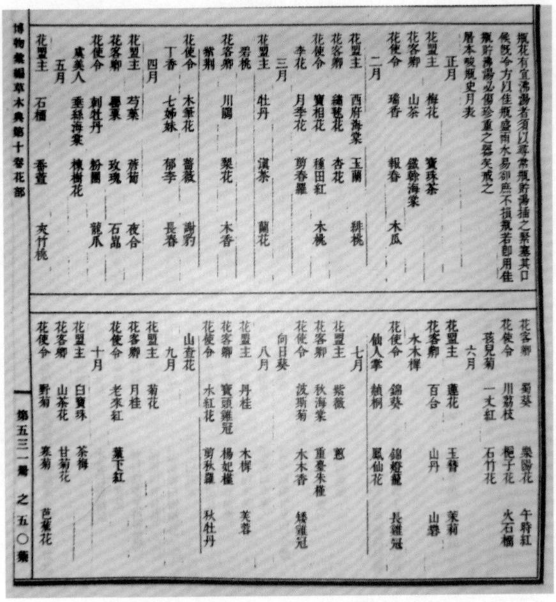

瓶花有宜沸湯者須以尋常瓶貯湯插之緊塞其口
候既冷方以佳瓶盛雨水易卻庶不損瓶若即用佳
瓶貯沸湯必傷珍重之器矣戒之
屠本畯瓶史月表
正月
花盟主 梅花 寶珠茶
花客卿 山茶 鐵幹海棠
花使令 瑞香 報春 木瓜
二月
花盟主 西府海棠 玉蘭 緋桃
花客卿 繡毬花 杏花
花使令 寶相花 種田紅 木桃 李花 月季花 剪春羅
三月
花盟主 牡丹 滇茶 蘭花 碧桃
花客卿 川鵑 梨花 木香 紫荆
花使令 木筆花 薔薇 謝豹 丁香 七姊妹 郁李 長春
四月
花盟主 芍藥 薝蔔 夜合
花客卿 罌粟 玫瑰 石岩
花使令 刺牡丹 粉團 龍爪 虞美人 垂絲海棠 楝樹花
五月
花盟主 石榴 番萱 夾竹桃
花客卿 蜀葵 樂陽花 午時紅
花使令 川荔枝 梔子花 火石榴 孩兒菊 一丈紅 石竹花
六月
花盟主 蓮花 玉簪 茉莉
花客卿 百合 山丹 山礬 水木樨
花使令 錦葵 錦燈籠 長雞冠 仙人掌 楨桐 鳳仙花
七月
花盟主 紫薇 蕙
花客卿 秋海棠 重臺朱槿
花使令 波斯菊 水木香 矮雞冠 向日葵
八月
花盟主 丹桂 木樨 芙蓉
花客卿 寶頭雞冠 楊妃槿
花使令 水紅花 剪秋羅 秋牡丹 山查花
九月
花盟主 菊花
花客卿 月桂
花使令 老來紅 葉下紅
十月
花盟主 白寶珠 茶梅
花客卿 山茶花 甘菊花
花使令 野菊 寒菊 芭蕉花

博物彙編草木典第十卷花部
第五三一冊之五〇葉

清 蒋廷锡等著《草木典》之“瓶史月表”

花客卿 绣球花 杏花

花使令 宝相花 种田红 木桃 李花 月季花 剪春罗

三月：花盟主 牡丹 滇茶 兰花 碧桃

花客卿 川鹃 梨花 木香 紫荆

花使令 木笔花 蔷薇 谢豹 丁香 七姊妹 郁李 长春

四月：花盟主 芍药 薝卜 夜合

花客卿 罂粟 玫瑰 石岩

花使令 刺牡丹 粉团 龙爪 虞美人 垂丝海棠 楝树花

五月：花盟主 石榴 番萱 夹竹桃

花客卿 蜀葵 乐阳花 午时红

花使令 川荔枝 栀子花 火石榴 孩儿菊 一丈红 石竹花

六月：花盟主 莲花 玉簪 茉莉

花客卿　百合　山丹　山矾　水木樨

花使令　锦葵　锦灯笼　长鸡冠　仙人掌　赪桐　凤仙花

七月：花盟主　紫薇　蕙

花客卿　秋海棠　重台朱槿

花使令　波斯菊　水木香　矮鸡冠　向日葵

八月：花盟主　丹桂　木樨　芙蓉

花客卿　宝头鸡冠　杨妃槿

花使令　水红花　剪秋罗　秋牡丹　山茶花

九月：花盟主　菊花

花客卿　月桂

花使令　老来红　叶下红

十月：花盟主　白宝珠　茶梅

花客卿　山茶花　甘菊花

花使令　野菊　寒菊　芭蕉花

十一月：花盟主　红梅

花客卿　杨妃茶

花使令　金盏花

十二月：花盟主　蜡梅　独头兰

花客卿　茗花　漳茶

花使令　枇杷花

春：花小友　慈姑　蓝绵

夏：花小友　菖蒲　紫兰　艾　水葱　茴香

秋：花小友　挺翠　金线草　虎茨　观音草

冬：花小友　风兰　天茄　金豆　金柑　金橘

花历（花月令）

明·程羽文

花有开落，凉燠不可无历，秘集月令颇与时，舛予更辑之以代挈，壶之位数白，记红谁谓山中无历日也。

正月：兰蕙芬。瑞香烈。樱桃始葩。径草绿。望春初放。百花萌动。

二月：桃夭。玉兰解。紫荆繁。杏花饰其靥。梨花溶。李能白。

三月：蔷薇蔓。木笔书空。棣萼韡韡。杨入大水为萍。海棠睡。绣球落。

四月：牡丹王。芍药相于阶。罂粟满。木香上升。杜鹃归。荼蘼香梦。

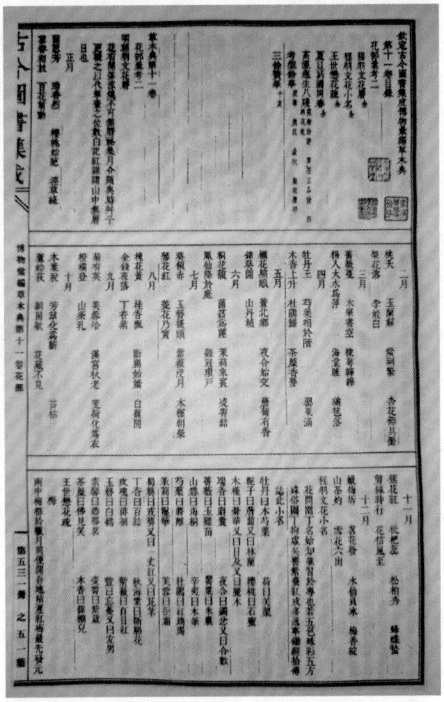
博物彙編草木典第十一卷花部

二月
桃夭　玉蘭解　紫荆繁　杏花飾其靨
梨花溶　李能白
三月
薔薇蔓　木筆書空　棣萼韡韡
楊入大水爲萍　海棠睡　繡毬落
四月
牡丹王　芍藥相於階　罌粟滿
木香上升　杜鵑歸　荼蘼香夢
五月
榴花照眼　萱北鄉　夜合始交　薝蔔有香
錦葵開　山丹赪
六月
桐花馥　菡萏爲蓮　茉莉來賓　凌霄結
鳳仙降於庭　雞冠環戶
七月
葵傾赤　玉簪搔頭　紫薇浸月　木槿朝榮
蓼花紅　菱花乃實
八月
槐花黃　桂香飄　斷腸始嬌　白蘋開
金錢夜落　丁香紫
九月
菊有英　芙蓉冷　漢宮秋老　芰荷化爲衣
橙橘登　山藥乳
十月
木葉脫　芳草化爲薪　苔枯
蘆始荻　朝菌歇　花藏不見

清 蒋廷锡等著《草木典》之“花历”

五月：榴花照眼。萱北乡。夜合始交。薝匐有香。锦葵开。山丹赪。

六月：桐花馥。菡萏为莲。茉莉来宾。凌霄结。凤仙绛于庭。鸡冠环户。

七月：葵倾赤。玉簪搔头。紫薇浸月。木槿朝荣。蓼花红。菱花乃实。

八月：槐花黄。桂香飘。断肠始娇。白蘋开。金钱夜落。丁香紫。

九月：菊有英。芙蓉冷。汉宫秋老。芰荷化为衣。橙橘登。山药乳。

十月：木叶脱。芳草化为薪。苔枯。芦始荻。朝菌歇。花藏不见。

十一月：蕉花红。枇杷蕊。松柏秀。蜂蝶蛰。剪彩时行。花信风至。

十二月：蜡梅坼。茗花发。水仙负冰。梅香绽。山茶灼。雪花六出。

作者：吴清
仿倪云林画意水石盆景
盛器：双耳四方铜水盘
花材：法国松、枯枝、砾石、砂质卵石

参考文献

《中国古代历法》. 张培瑜等著. 中国科学技术出版社，2007 年版

《岁时广记》.［宋］陈元靓著. 中华书局，2020 年版

《岁序总考全集》.［明］陈三谟著. 日本《内阁文库藏明代稀书》电子版

《月令七十二候集解》.［元］吴澄著. 齐鲁书社，1997 年版

《齐民要术今译》.［北魏］贾思勰著. 石声汉校译. 中华书局，2009 年版

《全芳备祖》.［宋］陈景沂著. 浙江古籍出版社，2018 年版

《植物名实图考》.［清］吴其濬著. 浙江人民美术出版社，2014 年版

《草木典》.［清］蒋廷锡等著. 上海文艺出版社，1999 年版

《群芳谱诠释》.［明］王象晋著. 农业出版社，1985 年版

《花镜》.［清］ 陈淏撰. 浙江人民美术出版社，2015 年版

《花佣月令》.［清］徐石麒著. 浙江人民美术出版社，2016 年版

《闲情偶寄》.［清］李渔著. 中华书局，2014 年版

《培花奥诀录 赏花幽趣录》.［清］孙知伯著. 湖北科学技术出版社，2022 年版

《瓶花谱·瓶史》.［明］张谦德 袁宏道著. 张文浩 孙华娟编著. 中华书局，2012 年版

《瓶花谱·瓶史》.［明］张谦德 袁宏道著. 李霞编著. 江苏凤凰文艺出版社，2016 年版

《遵生八笺》.［明］高濂编著. 王大淳校注. 巴蜀书社，1992 年版

《长物志》.［明］文震亨著. 浙江人民美术出版社，2011 年版

《瓶花谱》.［明］金润著. 徐文治校注. 江苏凤凰文艺出版社，2022 年版

《瓶花之美》. 徐文治著 . 九州出版社，2018 年版

《四季花令与节令物》. 贾玺增著 . 清华大学出版社，2016 年版

《中国历代百花诗选》. 雷寅威著 . 广西人民出版社，2008 年版

《中国的花神与节气》. 殷登国著 . 百花文艺出版社，2008 年版

《中国插花史研究》. 黄永川著 . 西泠印社出版社，2012 年版

《采芹斋花论》. 黄永川著 . 台湾永余阁艺术有限公司，2018 年版

《历代插花》. 刘明华著 . 文汇出版社，2018 年版

《瓶花清味 中国传统插花艺术史》. 马大勇著 . 化学工业出版社，2019 年版

《中国茶道插花》. 朱迎迎 刘明华著 . 化学工业出版社，2017 年版

《拈花》. 薛冰著 . 山东画报出版社，2012 年版

后记

本书编校成书的过程可谓一波三折。

最初是由原长宁民俗文化中心周笑梅书记提议出版，后因我的拖拉延宕和各种波折，这个项目很遗憾的搁置了。复旦大学沈国麟教授主编的“文化传家系列丛书”将拙著《岁时香事》出版后反响不错，沈教授审阅过这本小书的初稿，因其与《岁时香事》内容呼应，同时我也在复旦大学的国情教育课程中讲授岁时花事，遂又将本书纳入丛书的出版计划中，这才有了今天与大家见面的机会。

去年初夏，我翻出旧稿重新编写的时候，也恰逢我人生的又一转折点。我离开工作了近三十年的传媒岗位，长女桂竹又远赴法国留学，赋闲在家的我则准备迎接二宝，做全职奶爸。本书就在这样的背景下，每日凌晨三点前后，有两个小时左右属于《岁时花事》时间。

在日常生活中，人们对时光流逝最直观的感受就是花开花落，对这本书的要求就是花木图片一定要与岁时相呼应，这也是成书过程中最大的挑战。我虽然是摄影专业出身，但做了二十年夜班图片编辑养成了深居简出的习惯，所积累的花木图片资料不足以撑起本书内容所需。好在此时师友亲朋们热情相助，我的老师吴清先生为本书提供了多幅精彩的瓶花原创作品、师兄如璟提供了她栽培的兰花图片。我的学长敦煌研究院孙志军先生为我提供了他拍摄的敦煌壁画里与花器、瓶花有关的图片。上海笔墨博物馆汪凡经理给我提供了多件与花事有关的墨品资料。《新闻晨报》视觉部周勇为我在报纸上的专栏绘制了多年题图插画，在本书中也再次使用。《北京晚报》程功为霜降节气提供了多幅北京红叶的照片。山东《鲁中晨报》图片总监王兵不仅为我提供了惊蛰节气的花卉图片，还联系到摄影师李明印提供了多幅北方花卉的细节照片。妻子李勤、女儿桂竹也时时留意着，帮我拍摄到很多应季的花木图片。清一花事的花艺师严舒雯小姐为本书提供了多幅精彩的原创插花作品图片，视频号 Art 茜公主的博主，中华传统文化艺术的传播者王茜茜小姐非常热心联络到著名的养兰专家东门先生，盆景收藏家申洪良先生为本书提供了精彩的梅兰佳作。家乡淄博人立琉璃焦新先生、我的摄影启蒙老师国毅力、著名摄影家焦波老师也都给予了支持与帮助。是他们的热心相助丰富了本书的内容，也让我体会到情谊的力量，在此真诚地向各位师友说一声：谢谢你们!

感谢北京中直机关书法家协会理事李树森先生百忙中为本书题名，董春洁为本书的精心装帧设计，为这本小书增色不少，在此深致谢忱。

本书依旧延续了《岁时香事》中图文互释的编辑思路，书中所有图片皆紧扣正文作为图解使用，独立的信息图片皆配图片说明。书中所有图片，除署名作品外，均为我自己所拍摄。

从报纸专栏到结集出版，结构章法与行文上均有所调整和修改，增加了岁时花序表和四篇附录资料，及参考书目的梳理。这些材料可为大家了解传统岁时花事提供更多参考内容。

关于岁时花事的古籍文献卷帙浩繁，传统岁时花事涉及到天文历法、物候地理、信仰风俗、园林布局陈设、花木栽培养护、瓶花盆景技艺、器物工艺设计等学问，本书的内容恐怕连冰山一角都没有，权当是一本抛砖引玉的普及性索引，由此入门，可以系统的看到传统岁时花事概貌，而不只是碎片化的知识点。

在校改文稿时，每读一遍，总会发现一些瑕疵仍不断修改，但丑婆娘总要见公婆，付梓之际，诚请专家、读者朋友批评指正，以便后续修订完善。

岳强

甲辰小寒于角里永道轩

图书在版编目（CIP）数据

岁时花事 ：中国人的节气花语 / 岳强著．-- 上海 ：文汇出版社，2025．3．--（“文化传家”系列 / 沈国麟主编）．-- ISBN 978-7-5496-4382-0

Ⅰ．I267

中国国家版本馆 CIP 数据核字第 2024313F6B 号

（“文化传家”系列丛书）

岁时花事：中国人的节气花语

主　　编 / 沈国麟
策　　划 / 岳　强

著　　者 / 岳　强
责任编辑 / 鲍广丽
封面题字 / 沈国麟
扉页题字 / 李树森
封面摄影 / 严舒雯
装帧设计 / 董春洁

出 版 人 / 周伯军

出版发行 / 文匯出版社
上海市威海路 755 号
（邮政编码 200041）
经　　销 / 全国新华书店
印刷装订 / 上海颛辉印刷厂有限公司
版　　次 / 2025 年 3 月第一版
印　　次 / 2025 年 3 月第一次印刷
开　　本 / 787×1092　1/16
字　　数 / 153 千字
图　　片 / 119 幅
印　　张 / 12.75

ISBN 978-7-5496-4382-0
定　　价 / 88.00 元